# KILLER HUNTER

# KILLER HUNTER

KILLER HUNTER

01

# KILLER HUNTER
# 殺手獵人

## CASE ONE 狙殺惡魔的獵人

星爵——著

# 序　所謂殺手

暗夜，究竟隱藏了多少黑暗的秘密在裡面？五光十色、充斥霓虹燈的大街上，車水馬龍，川流不息的道路間，又有多少不為人知的陰謀及殺意？

深藏在人們認知底下的生命終結者，殺手。收錢就去殺人、下手毫不留情，而且無論男女老幼、中外黑白，一律成為他們的槍下亡魂。

究竟全世界有多少人死在他們的手上？而殺手又處在一個什麼樣的世界裡？的確是一個令我深思許久的問題。

又是一個幽靜的夜晚，坐在只有開著一盞檯燈的電腦桌前，我滿懷期待地用鍵盤一個字一個字的寫著這篇，我的處女作的序。

我的腦海中浮現了當年，曾經很懵懵懂懂地咀嚼著網路小說家所寫的愛情故事，在無數的驚嘆和感動之後，我開始了寫作。

其實我的寫作時間不長，從我開始嘗試創作文章到現在，也只不過短短幾年的時間，對這廣闊的文字世界來說，我還有很多尚未了解及探索的部分。

文壇前輩、文學書籍同天上的星星一樣多，但渺小的我會一步步的向前進，一步步地邁向我的夢想之地。

這篇序很短，老實說我真的不會寫序，只能用簡短的幾句話，來述說我的理想抱負，以及我此刻期待的心情。

期待著，每一個把這本書拿在手中的你們，無論是買的、租的或是借的，都代表你們對它有興趣，也希望你們能看到最後。

前言說完，現在請大家跟我一起屏氣凝神，亦步亦趨地走進這隱藏在光明社會底下，充斥著黑暗一面的都市故事。

殺手獵人KH，衝破暗夜，在罪惡的都市中，駕臨！

# 楔子．絕對絕望，來自地獄深處的使者 VI 之章

深深的雨夜裡，狂風也隨著暴雨張牙舞爪，如同其他的颱風夜一樣，街道上盡是因強風而狂放飛舞的垃圾、被風吹落在地上的招牌，只有偶爾可以看到一兩個慌張躲雨的人影出現在大樓的騎樓上。

在豆大的雨滴爭先恐後落下的大樓天台上，有一個人影踏著有節奏的腳步出現，他沒有撐傘，右手提著一個黑色皮箱。

「One、Two、Three、Four、Five、Six、Seven……」右腳踏到第七步之後，他停了下來，接著再用右腳踏出第一步，重複剛才的動作。

以七為一個單位是他的習慣，而他也用這個數字，為自己命名。

走到了天台邊，他打開了他的皮箱，皮箱裡是已經分拆好的狙擊槍，一一地把零件拿了出來，他不慌不忙地架好狙擊槍，把槍口對著對面晶華酒店二樓一個房間的窗戶，扣下扳機，窗戶應聲而破。

「One。」狙擊鏡後方臉孔上的嘴角，微笑。

接下來是一個穿著黑色西裝的男人走到窗戶邊，看著窗外，像是在確認是不是石頭之類的東西打破窗戶一樣。

透過狙擊槍的鏡頭裡，他看到的盡是男人肥胖臃腫的臉，以及穿著過小的西裝，脖子邊都是擠出的肥肉，一副欠宰的模樣。

「你的命，我接收了，Two。」扣下扳機，狙擊槍裡擊發出了第二顆子彈，銀色彈丸突破雨陣，正中肥胖男人的眉心，肥胖男人向後倒地，任憑窗外的狂風豪雨打在他身上，而地毯上佈滿了鮮紅色的液體，慢慢地暈開。

雖然第二發子彈就解決了眼前的目標，但他以七為準則的習慣卻不允許他這麼做，於是他扣下扳機，槍口射出了第三發、第四發，第五發……

子彈盡數落在已經死去的屍體上，只是才打出第五發子彈，他卻發現自己的彈匣竟然空了。

太不尋常了，明明自己在出發前總是會檢查一切。

雖然表面上看似只是一個小失誤，但認為自己絕對不會犯這種錯誤的Seven，不自覺地恐懼起來，莫名地恐怖，讓他只想趕快離開這裡，正當他收起狙擊槍，準備要離開的時候，甫一轉身，卻發現身上多了一個紅色的光點。

雖然大雨幾乎遮蔽了所有視線，讓他不知道光源來自何處，但是經驗老到的他知道，這是紅外線瞄準器的光點，他冷靜地找尋光點的來源，卻在還來不及反應的時候，這個光點卻已經迅速地移到他的左胸口，接著子彈發射的聲音劃過雨幕，他應聲倒地。

這次任務中的第六發子彈，卻不是從自己的槍口擊發出來，而是自己承受了這顆子彈。

他瞪大了眼睛，不敢相信自己眼前發生的這一幕，他確定自己並沒有做過任何暴露行蹤的行動，腦袋裡也不斷回想著從接到單子到行動結束所做的事。

沒有絲毫差錯。

「為什麼？為什麼……」他試著在狂風暴雨中移動他的身軀，顯然剛剛那顆撕裂夜空的子彈沒有直接擊中他的心臟，他還有一絲生還的機會。

在雨中爬行了幾公尺之後，他摸到了一雙鞋子，對，是一雙鞋子，而且鞋子的主人還拿槍指著他。

那雙望著他的近乎原始野獸的恐怖眼神沒有因為大雨而減弱幾分，那樣的姿態、那樣的黑暗，彷彿眼前這個用槍指著他的人是從地獄深處降臨的。

「真是難看啊！Seven！」那人冷眼看著他。

「你……到底是誰？」那顆穿過胸膛的子彈雖沒有直接命中心臟，但 Seven 連講出幾個字都感到無比吃力，子彈八成已經劃破肺部，呼吸也越來越困難，胸口就像被千斤砸壓住一般。

男子大笑，並在他面前蹲了下來，握在手中的槍，槍口依舊是緊咬著他的身體。

「好，我就告訴你我是誰，這樣你下地獄的時候或許可以向閻羅王告個狀，才不會白白冤死。」

男子湊近他的耳朵，輕輕地說出幾個字。

「原來如此、原來如此啊！所以今天才打不到七發子彈。」而這次換成 Seven 大笑，右手抓住男子的槍口，對著自己的眉心。

「最後一發了，今天才真正見識到七的力量，算是上天要中止我的天職了。」肺部已經出血的 Seven，血液逆流到喉嚨裡，每說出一個字，嘴角都滲出不少的血。

男子用力地撥開了他的手，揪住他的領子說：「你做的事才不是什麼天職，對我來說，你們這種人是最低下的存在，就像會啃食同類的低等生物一樣。」

「就算是這樣，能死在你的手下，我也心甘情願了。」語畢，他輕輕閉上眼睛，深深吸了一口氣，濃濃的血腥味充斥在他的鼻腔之中，而他卻一臉安詳的靜待著風聲之後，那個要奪走他生命的扳機聲。

最後一發，Seven。

男子扣下扳機，在槍聲再一次的響徹天際時，男子在地上丟下一張卡片後便揚長而去。

# 貴族殺手，白衣王者King之章

## 1

過了幾天之後，晶華酒店附近的一座大樓天台上，被人發現了一具屍體，死者的左胸、眉心各有一個彈孔，而離他不遠的地上放著一只半開著的黑色皮箱，裡面是一把已經分拆放好的狙擊槍。

負責偵辦這起案件的是刑事局裡老練的刑警龍顯，大家都叫他龍哥，外表看起來是個不修邊幅的大叔，但他卻是刑事局裡公認的破案之王。

龍顯走到天台邊看了看，正好瞄到颱風夜被人暗殺的議員的房間。

「看來又是KH下的手……」龍哥靠在天台邊的扶手上，看著鑑識人員拍照、蒐證，他自顧自地點起了菸。

「誰是KH啊？」一個菜鳥刑警湊了過來。

「你是新來的？」龍顯端詳著眼前這個一身菜味的年輕刑警問。

「才剛調來刑事組一個月而已。」

「叫什麼名字？」

「劉子紹。」子紹恭敬地說。

龍哥從上衣口袋裡掏出一張黑色的卡片，卡片的中間是一個像是K卻又不是K的奇怪白色文字遞給子紹，但是他卻看得一頭霧水。

「這是什麼？」子紹問

「這是KH的卡片，他殺了人之後，在現場留下這張卡片。」

「太囂張了吧？他是太有自信還是故意要警察抓他啊？」子紹移開正端詳著卡片的雙眼，不可置信地看著龍顯說。

「他是在對其他殺手下馬威，以及炫耀自己的能力。」

「殺手？但死在那裡的不就是殺手Seven嗎？難道KH也是殺手？而且還是跟Seven同隊的，只是Seven在執行任務的時候反被殺掉，而KH逃走了？」子紹比手畫腳地假設，卻惹來龍哥的一聲輕笑。

「正好相反。KH是Killer Hunter的縮寫，也就是所謂的殺手獵人，傳說中的殺手的天敵。」龍顯抽了一口香菸，說：「根據目前的調查結果顯示，只要是殺手，就會被他找出來，然後吞噬掉。」

「殺手獵人？」子紹簡直不敢相信自己的耳朵。據他所知，殺手的存在本身就是一種秘密了，竟然還有 KH 這種在黑暗中把殺手找出來吞噬殆盡的人？一想到這裡，子紹就覺得恐怖，然後再看了一眼躺在地上的殺手 Seven 的屍體，不禁打了個冷顫。

「神秘的殺手 Seven 慘死，Lucky Seven 這次不 Lucky 了！」斗大的新聞標題出現在報紙的社會版頭條，硬是把其他乏味無聊的政治新聞給壓了下去。

「這次做得很漂亮。」一個看上去年約七、八十歲的老人放下報紙，遞給了坐在吧檯的年輕男子一只皮箱，男子打開皮箱，裡面是滿滿的新台幣壹仟元。

「要我說幾次，把錢直接匯到我的帳戶。」男子將皮箱推回去，順手點起了一根香菸。

坐在吧檯另一邊的老人揮了揮手，後面走出了一個人把皮箱提了進去。

「我說 KH，你覺得 Seven 的身手怎麼樣？」老人問。

「很好，對使用狙擊槍的殺手來說，算是數一數二的高手。」KH 吸了一口菸，將濃濃的白霧吐向半空中。

「但，作為一個殺手，警覺性太弱，我殺得很沒手感。」KH將菸蒂捻熄在菸灰缸裡。

「執行任務中的殺手，哪會知道還有人用槍瞄準著自己呢？」老人拿出一瓶伏特加，倒在KH面前的空酒杯裡。

「我就會。」KH接過老人倒給他的酒，喝了一口，好辣。

「你是故意給我這麼辣的酒吧？我要換一瓶啤酒。」KH放下酒杯，看著老人若有似無的嘲笑，露出不悅的神情。

「才沒有呢！」老人開了一瓶啤酒，拿給KH。「喏！你要的啤酒。」

「言歸正傳吧，這次要我解決的殺手是誰？」KH又點了一根菸。

老人從吧檯底下拿出一個牛皮紙袋，交給了他，說：「他的殺手代號叫做King。」

KH看著牛皮紙袋裡的照片，照片裡是一個身穿著純白長大衣、充滿英氣的雙眼望著天空的年輕男子，看上去不超過三十歲。

「他看起來很年輕嘛！是菜鳥破壞行規嗎？」KH又吸了一口香菸，看著老人。

「他這次要殺的人是明天抵台訪問的尼加拉瓜總統奧蒂嘉，而且他準備在總統舉行記者會的時候下手。」KH看得出來老人是刻意不回答這個問題，但是KH也不想花時間再問一次，反正他只要扣個扳機，目標一死，不管他生前幹了什麼，都不關自己的事。

「他的價碼。」雖然是問句，但從KH的冰冷口氣中，聽起來卻像是個肯定句。

老人沒有說話，只是靜靜地拿出一張紙，寫了幾行字。

收單金額：五百萬。

警方懸賞獎金：一百萬。

黑道獵捕獎金：一千萬。

「我給他的身價。」老人將雙手舉了起來，放在胸前，左手七，右手零。

KH很快地明白了他的意思，輕輕笑了一下。「看來這一次，我會玩得很愉快。」

熄掉了菸，KH走出了位置隱密的地下酒吧SICKLE，消失在台北的夜色之中。

## 2

一個天氣晴朗的下午，台灣的總統陳水匾帶著尼加拉瓜總統奧蒂嘉出現在總統府內接受媒體的訪問。

KH揹著一個黑色的大背包，走在總統府前的凱達格蘭大道上，天氣很熱，他順路走到附近的便利商店買了罐飲料，邊喝邊走。

走到總統府前時，KH開玩笑似地對著守衛的憲兵敬了個禮，然後轉身面對著凱達格蘭大道。

伸出了手指，舔了口口水，丟了片小紙片，在大概得知風向及風速之後，他望向了一棟大樓。

「如果是我也會選那裡。」他輕笑。

距離總統府五百公尺外的一棟大樓上，一個穿著白色大衣的男子，靜靜地走到天台上能夠清楚地看見總統府的地方，慢條斯理地架起貝瑞塔狙擊槍，將鏡頭調到足以清楚看見總統府門上的一隻螞蟻後，他離開了鏡頭，拿出手機撥號。

「快出來了嗎？OK，我知道了。」King戴上耳機，專心一意地注視槍上的狙擊鏡，卻沒有發現到在他後方十公尺左右，另一棟大樓的天台上，KH正用著M24狙擊槍瞄準著他。

「之前的殺手都會懷疑自己被人監視著而東張西望，你卻像 Seven 一樣只注意著你的目標，看來那老頭給你的價碼真是太高估你了。」KH 用鼻孔吹氣般的不屑眼前的這個年輕殺手。

悶熱的午後，兩處沒有人的大樓天台，兩個架著狙擊槍的人，空氣沒有因此而變得凝重，午後的風還是一樣的吹，似乎在放鬆兩人的心情。

其實 KH 在這麼近的距離下是不必用上狙擊槍的，只是他為了保險起見，因為那老頭下的價碼實在太高，KH 因此不敢大意。

「不能讓他殺了目標。」打開手機，這是 KH 在出發之前，那老頭傳來的簡訊。

過了五分鐘，尼加拉瓜總統遲遲未出，想必是耽擱了什麼，King 輕輕地閉上雙眼，他不必擔心一閉眼而失去狙擊的最佳時機，因為他在總統府裡有內應，會隨時報告最新狀況到 King 的耳機裡。

「因為記者會有點耽擱了時間，你先休息個五分鐘吧！」這是從 King 的耳機裡傳出來的聲音，而 King 雖然閉上眼睛，但他手中還是握著槍柄，絲毫不敢放鬆。

不是因為他怕失手，而是他從空氣中嗅到了危險的味道。

一陣稍微強了一點的風吹來，發呆中的KH嚇了一跳而使狙擊槍動了一下，槍柄跟圍牆發生碰撞，發出了聲響，一個細微到幾乎只有KH自己才聽得見的聲音。

只是這個聲音居然被King給聽見了，當KH把眼睛再度回到狙擊鏡上時，他看見King在他下方的天台上，用槍指著他。

子彈從滅音器中射出，急速旋轉襲來的彈頭穿過KH的狙擊鏡，差一點射進KH的眼睛裡。

頭剛剛在千鈞一髮之際撇開一點角度的KH，也讓子彈在他的臉頰劃下一道傷痕，鮮血汩汩流出。

「這傢伙太危險了！」KH壓根兒沒想到King的耳朵這麼好，這麼小的聲音也逃不過去，而且還可以不偏不倚地用手槍命中他的狙擊鏡。

KH右腳跨上天台圍牆，朝著距離十公尺之外，King所在的大樓全力一跳，因為兩棟大樓之間的高度差異，由高到低落差將近兩層樓，十公尺足以讓運動神經極佳的KH達成這個只有吊鋼索才辦得到的特技。

King雙手握槍，對著從空中跳過來、幾乎毫無防備的KH開了數槍，而KH也用右手掏出懷中手槍，左手抓住大衣邊緣揮擋在前，在半空中和King發生了槍戰。

連開了數十槍，KH重重落在King的面前，King的子彈雖然傷不了穿著防彈大衣的自己，但強大的衝擊力讓他受了內傷，吐出一大口血。

擦去嘴角的血，兩人拿著手槍對峙，KH 兇狠且冷冽的眼神，King 沉穩又冰冷的視線，這時候空氣才像是凝結在一起，讓人幾乎喘不過氣來。

「我殺過這麼多個殺手，你是少數幾個讓我感到有威脅性的人。」KH 對著被他用手槍指著頭的 King。

「你是 KH？」

「沒錯。」

「我也沒料到你穿的衣服是防彈衣。」

KH 用沒拿槍的左手拉了拉自己的大衣，笑了一下。「很難看得出來吧！其實它很重，穿起來也不透氣，真的很熱。」

King 笑了一聲，手中的貝瑞塔手槍的槍口卻沒晃動半分。

「目標出來了！」King 的耳機傳出了消息，他將視線不經意地飄到他架好的狙擊槍上。

「我不會讓你殺了他的。」KH 惡狠狠地瞪著 King。

King 沒有多說一個字，而左手扣著手槍扳機的手指也沒有遲疑，連按了四下，射出四發子彈。

KH 嚇了一跳，匆忙地向後退了幾步，就在這幾秒鐘的空檔，King 迅速地將視線移回狙擊鏡，準確無誤地朝奧蒂嘉的腦門開了幾槍之後，轉身向後，再度把貝瑞塔的槍口對著 KH。

被這突如其來的四槍嚇到，但他反應很快，快速地轉身向前，把槍口對準 King，只是當他看到 King 同時也轉過來拿槍指著自己時，他知道自己已經慢了一步。

短短的四槍，短短的五秒鐘，已經決定了一切。

兩人再度在天台對峙，King 和 KH 流下豆大的汗珠，風也像是再度停止一般。

「Killer Hunter，不過爾爾。」King 說。

聽到這句話，KH 不但沒有再露出剛剛那樣可怕的眼神，甚至還當場大笑了起來。眼前這個穿著純白大衣的殺手果然是個不簡單的角色，KH 打從心裡佩服，何況現在的自己也不見得能夠與他對決後獲勝。

「哈哈哈！那老頭給你的價碼果然不假，這次就算我輸了吧！」KH 把槍口朝著天空開了三槍，剛好把彈匣中的子彈射完。

「這次是我太輕敵了，希望下次我們能有像樣一點的對決。」KH 把手中的沙漠之鷹往大衣口袋一塞，消失在樓梯口。

King看著眼前這不可思議的男人，笑了一下，看看剛才握在手中的貝瑞塔手槍，扣了扳機，槍發出「卡」的一聲。

「原來已經沒子彈了啊……」King嘴角微微上揚，把槍收回懷中，靜靜地把狙擊槍拆裝解開來，收進箱子裡，在KH離開天台五分鐘後，King也一樣的消失在樓梯口。

# 獵殺獵人，陰謀殺手之章

## 1

酒吧 SICKLE 的門被打開了，KH 臉上貼著 OK 繃走了進來，一副無精打采的樣子，走到吧檯邊坐下，並點了根菸。

「如何？這麼高的價碼不是訂假的吧？」老頭放下了報紙，遞了一杯 Dry Martini 給 KH。

KH 喝了一口，還是好辣。

「名字也取得跟人一樣，一副貴族、王者的樣子。」KH 又喝了一口酒。

SICKLE 位處台北市鬧區，但很少人知道它的存在，因為在這裡出入的人如果不是殺手，就是在地下世界中握有一定程度權力的人物，但是常客就只有 KH 了。

酒吧的老闆，是 KH 口中常講的臭老頭，他的名字、來歷沒有人知道，唯一能夠得知的是，他在殺手界似乎能呼風喚雨，手上也擁有極大量黑道、白道，還有殺手的資料，如此高深莫測的人物，大家給他一個代號，Ruse。

一個最適合被冠上這個稱號的，殺手界的神。

看著酒吧裡幽暗的燈光，喝了幾杯雞尾酒，微醺的 KH 看著天花板，然後向 Ruse 伸出了手。

「臭老頭，你要什麼時候才給我殺手的資料？我都已經坐在這裡快五個小時了耶！」KH 不悅地看著 Ruse，並且拿點燃的香菸指著他。

「你確定要接單嗎？你四天前不是才受了傷？」Ruse 指著 KH 臉上的 OK 繃。

「這是小傷。」KH 把 OK 繃撕開，臉上的傷口已經好得差不多了。

「那這個呢？」Ruse 用拐杖，越過吧檯碰了一下 KH 的肚子，KH 皺了一下眉頭。

「逞強。」

「放屁。」KH 把右手伸了出來，晃了兩下，示意 Ruse 把單子交出來。

「真是拿你沒辦法……」Ruse 從桌子底下拿出兩張照片，還有一疊資料。

KH 抓起照片就看，兩張照片裡的人都是男的，一個瘦瘦小小的，頭上戴著毛線帽，看起來很頹廢；另一個臉長得很精悍，高大挺拔。

「一次殺兩個？」KH 把照片丟下。

「你只需要殺一個。」Ruse 指著照片裡那瘦小的男人。

「那這個高個子呢？」

「他是要來殺你的。」

KH 瞪大眼睛，看了看眼前那高大男人的照片。

「這個矮子是一名殺手，但是已經好久沒有接過任務了，這一次你的目標是他。」

「你知道我不殺不是正在接任務的殺手。」KH 玩弄著手中的打火機。

Ruse 沒打算回 KH 的話，只是自顧自地指著另一張照片裡的高大男人：「他向我買了你的資料，打算殺你。」

聽到這裡，KH 全都懂了，他點起一根香菸，呼出了一口白煙：「你的心是不是被塗黑了啊？殺我的委託你也敢賣。」

「至少我有跟你說有人要殺你。」

「你跟他說我什麼時候要動手？」

「兩天後。」

「價碼。」

「小矮子。」Ruse 右手比出了一。

「那高個子呢？」

Ruse 用右手比出了五。

KH 熄掉了手中的香菸，啐了一句：「我殺了一百個他們，也沒有殺一個 King 的錢多。」

「那你就試著再跟 King 交手一次吧。」Ruse 喝了一口琴酒。

「再等一些時日吧！跟他交手之後，我覺得他不是目前我可以對付得了的人，頂多……打個平手吧。」KH 拿起他放在椅子上的大衣和桌上的資料，就要轉身離開。

「不過跟他交手很有意思。」

「我想應該是的。」Ruse 說。

手握著門把，KH 像是想起什麼似的轉了過來，對著 Ruse 說：「總之，我不會殺這個小矮子的，等到他有接單的時候，再給我一次他的資料吧。」

「隨便你。」

隨著門關上的聲音，門上裝的鈴鐺叮鈴作響，像是在歡送 KH 離開。

因為自己不常出門，而且幾乎沒人知道長相，所以小矮子是 Ruse 安排讓自己出面的誘餌，其實那個高個子才是背後要殺自己的殺手。

「這不是跟我平常殺其他殺手的模式一樣嗎？螳螂捕蟬，黃雀在後，只是這次的我不是黃雀，是隻黑色的大螳螂。」

KH 看著兩人的基本資料，高個兒叫 Bull，矮子叫獵鼠。

「公牛和小老鼠啊！還滿貼切的……」KH 微微一笑，踏著輕鬆的步伐，漫步在台北市區。

另一方面，位在台北市的內政部警政署刑事警察局裡，有一個秘密的會議正在展開。

在會議室裡，許多高階的刑警坐在位子上，沒有開燈，大家看著正在播放的幻燈片。

「就是這樣，連同從外國被聘進來的殺手，已經確定有一百七十六人死亡。」負責播放幻燈片的人又按了一個按鈕，畫面跳到一張卡片上，是黑底白字，寫著類似 K

卻又不完全是K的符號。

「而兇手在犯案後都會留下這張卡片。」放下遙控器，他在畫面旁的白板上寫了「KH」兩個大字。

「兇手 Killer Hunter，簡稱 KH，已經在台灣地區犯案了四年之久，不論北中南地區都有他下過手的痕跡。」他把筆放下，關了幻燈片，並走到一旁開了會議室裡的日光燈。

「所以，刑事局長以特殊身分從日本請我來台，負責搜查 KH，並且成立了專門搜查 KH 的小組 Expert Tracing Detail for KH，簡稱『ETDK』，而我是最高搜查官，我叫做望月昌介，請多多指教。」望月鞠了個躬。

「多多指教。」大家異口同聲。

望月輕輕把手放在桌上，對大家說：「我不希望因為我是外國人的關係，造成我們在搜查的時候有隔閡所在，這樣不但抓不到 KH，說不定還會因此造成反效果。」大家聽了之後，甚有同感，紛紛點頭。

「所以，除了在場的二十位警官之外，你們可以再另外找人協助搜查，我並不會干涉。

「因為我不是來跟各位搶功勞的。於公，我希望可以抓到他來整頓治安，而不要讓大家認為他是正義使者的這種奇怪思想；於私，我個人非常討厭這種自以為正義的傢伙。所以在功在私，我都一定會盡全力抓到他，還請大家跟我多多配合。」望月露出友善的笑容，並伸出了右手。

「讓我們一起加油吧。」他說。

## 2

一個風和日麗的星期天下午，KH 打開家裡的窗戶，享受戶外照射進來的和煦陽光，然後坐在客廳地板上慵懶地保養他的槍。

他不時摸摸自己的肚子，幾天前跟 King 對決造成的內傷已經好得差不多了，不過身上還是有幾塊瘀青，他第一次感嘆到自己力量的不足，還有槍法的極限。

「King，總有一天我要終結你。」KH 把他手中裝好自製滅音器的沙漠之鷹對著牆上的靶，扣下扳機，子彈命中紅心。

明天就要對上獵殺自己的人了，KH 絲毫不敢鬆懈，雖說自己被列入殺手的獵殺名單已不是第一次，但自從那件事情之後，就再也沒有任何殺手敢接單殺他了。

KH放下沙漠之鷹，坐在陽台上，點起了香菸，閉上眼睛回想兩年前那場可怕的戰役，不，是血腥之戰。

⊕

兩年前，KH接了Ruse給他的單子，負責獵殺一個刀術極佳的殺手，一如往常的，KH依舊站在他喜歡的大樓天台上，用小小的狙擊鏡瞄準目標的腦門，扣下扳機，收好狙擊槍，接著走人。

只是他沒想到這次殺的，會是黑道老大黑龍所精心栽培的殺手，而且還是黑龍老大的義子。這一殺，黑龍老大聞訊大為震怒，分別從國內外請來許多殺手，共計四十餘名，以及二十餘名私家偵探，分別從台灣各處追查KH，以及獵殺KH。

雖然有Ruse在幕後負責隱藏以及逃亡路線，但是KH依舊在多名私家偵探的追查下暴露了行蹤，被發現躲藏在南投的山區裡。

發現KH的所在地之後，黑龍老大當機立斷，立刻派所有他找來的殺手潛入南投山區，甚至還加派兩百多名手下入山追殺，誓要讓他死無葬身之地。

「你覺得他怎麼會派這麼多人？」KH在躲藏的小山屋裡用無線電和Ruse聯絡，從他那得知黑龍老大派來殺他的人的陣仗之大，連Ruse都感到不可思議。

「我看是想博取手下信任，還有向其他幫派示威吧！」KH慢條斯理地擦著槍，一點都沒有被圍剿的緊張感。

「不管怎麼說，你做事總有你的想法，我相信你能回來。」Ruse說。

「等我回去再請我喝幾杯吧！」說完後，KH切斷通訊，因為他已經聽到外面草叢發出不尋常的聲音了。

「你們絕對不會知道，今天你們會到這山區來圍剿我，都是我算計好的。」KH放下擦好的槍，看著放滿地板，數以百計的槍，露出一個得意的笑。

「血，會染紅這座山……」

一個禮拜後，無論是電視新聞還是各大報章雜誌，紛紛報導在南投山區發生的離奇械鬥，死亡人數將近三百人，其中有一部分還是被通緝中的殺手，樹林裡屍橫遍野，而且還有許多爆炸痕跡。

根據目擊者指出，整座山就像是被用鮮血染紅一般恐怖……

南投山區屍橫遍野，離奇槍戰死亡慘重！

發生槍戰警方渾然不知，當地居民人心惶惶。

血紅色的山，半夜傳出百人哀嚎……

「你上頭條了。」Ruse 看著好幾份報紙上不同的驚悚標題，遞給 KH 一杯 Dry Martini，KH 接了過去，讓酒衝擊性的辣，清醒他的腦袋。

「閉嘴，練習調好酒吧！難喝死了。」放下酒杯，KH 點了一根香菸，綁著繃帶的他點菸動作變得有些遲鈍。

「那不是我調的。」Ruse 指著身後的調酒師，小聲地說：「他是新來的。」

「要我幫你宰了他嗎？」KH 把手握了起來，伸出食指和拇指，做出要開槍的動作。

「砰！」KH 裝出開槍的聲音，Ruse 笑了，KH 也跟著大笑，SICKLE 小小的空間裡，充斥著他們兩人的笑聲。

熄了菸，KH 拿起了他的大衣，也沒跟 Ruse 道別就走向門口。

Ruse 沒有叫住 KH，只是默默地看著傷痕累累的他一跛一跛的，慢慢走出 SICKLE。

「我果然沒看錯人。But……」Ruse 心想。

回憶結束，菸也抽完了，KH 順手一彈，菸蒂順著一道弧線掉落，他迅速地再拿出他的沙漠之鷹，對著停留在半空中的菸蒂一射。直接命中，菸蒂爆開成碎絲，順著風被吹開。

「手感恢復得差不多了。」他說。

## 3

人來人往的西門町裡，來往走過各式各樣的人，每個人都在做著不同的事，無論是吃飯、聊天、逛街、談情說愛，當然還有殺人。

KH 走在熱鬧的西門町，跟他擦身而過的人都是有說有笑的，悶熱的天氣看起來絲毫不損人們的熱情，但他周圍卻圍繞著冰冷的氣息。

「搞什麼，西門町這麼多人我要怎麼找出那小矮子還有那隻公牛啊？」KH 把手扣在口袋裡的小刀上，準備隨時應付突發狀況。

找了一個地方坐了下來，KH 點起香菸，在路旁自顧自地抽了起來，其實那個叫獵鼠的殺手並不是他想殺的，只是必須要先找到獵鼠，那隻大公牛才會現身。

「抓小偷啊！」人群中有個女人尖叫，有一個人抓著一只女用皮包穿越人群衝了出去，KH 才看了他一眼，二話不說便追了過去。

其實在執行任務時 KH 是不會多管閒事的，畢竟他也不想為了一個無聊的扒手浪費時間，這樣搞不好會暴露自己的行蹤。

只是現在這個衝出去的扒手，卻跟照片裡的獵鼠一模一樣，應該說根本就是獵鼠本人。

「這個墮落殺手，竟然用以前執行任務的身手幹這種齷齪的事。」獵鼠的身材嬌小，加上速度很快，即使在人潮洶湧的西門町裡也穿梭自如，KH 為了更清楚地捕捉獵鼠的身影，索性跳到路旁的椅子上。

「Got you。」KH 從路旁的椅子上跳了起來，算準了獵鼠會跑到的位置落下，只是他沒想到獵鼠的速度比他預計的還要快，KH 只好在半空中轉身踢向獵鼠。

獵鼠被這突如其來的一踢嚇到，踉蹌地跌在地上，皮包也掉了，但他很快地起身，跳過因為剛剛飛踢而蹲在地上的 KH，朝著巷子衝過去。

「別跑！」KH因為看到了其中一個目標，著急地忘了他真正的目的，只是一味地追向前去。

不料前面是一條死巷，獵鼠在發現他退無可退之後，抽出懷中預藏的水果刀威嚇KH。

「不、不要過來！」獵鼠揮舞著手中尖刀示威，但KH還是一步步地向他逼近。

「你這個廢物！」KH縱身一跳，把扣在手中的隨身小刀給射了出去，小刀射中獵鼠的尖刀，水果刀落地，KH也落到他的面前。

「你丟盡你身為殺手的臉。」KH看不過去獵鼠的頹廢，對著他就是一陣打，獵鼠身體瘦弱，哪裡禁得起KH的拳打腳踢，不一會兒就昏死了過去。

KH吐了一口口水在地上，正想起他的目的是要殺Bull的時候，一股殺氣從他的背後襲來，他迅速地閃身，但還是被身後的西瓜刀砍傷了左手。

KH蹲低他的姿態，右手伸進口袋扣住另一把小刀，朝身後射了過去。

「啊！」一道低沉的男子慘叫，接著是刀子掉到地上的聲音。

一轉頭，一個高大的人影出現在KH的面前，但就在他準備拔出沙漠之鷹時，他卻轉身逃到大樓的安全梯上，KH快步追了上去，高大的男子雖然剛才大腿被小刀射中，但跑的速度還是很快，KH只好一路瘋狂追趕，直到兩人都來到了頂樓。

「你就是Bull吧！」KH抓著還在流血的左手說。

男子沒有說話，只是靜靜地站著，然後慢慢地從懷裡拿出一把比正常尺寸還要大上一倍的左輪手槍，指著KH。

「這下有趣了。」KH也從懷裡拿出他的沙漠之鷹，兩人一語不發，只是互相用槍指著對方，只是Bull一點想開槍的意圖都沒有，甚至感覺不出來殺手要開槍前的殺氣，他在等，但又不知道在等什麼。

KH突然感到氣氛不太對勁，連他身上的雞皮疙瘩都跑出來了。

⊕

另一方面，同樣也是在西門町附近，剛執行完任務準備離開的King，接到了一通電話。

「只要阻止他們就好了嗎？好，我知道了。」而King在掛上電話之前，電話的另一頭傳來了幾聲叮叮的聲響。

King將剛收好的貝瑞塔狙擊槍重新組裝，在彈匣裡裝上兩顆子彈。

「真是個麻煩的獵人……」他說。

KH和Bull已經在頂樓對峙超過十分鐘了，Bull絲毫沒有動作，讓KH完全提不起勁來。

「喂！我要開槍了喔！你到底是要不要開槍啊？」KH很不耐煩地看著Bull，但是Bull還是一動也不動，KH搖搖頭。

「真是件無聊的差事……」正當KH覺得無聊，準備要扣扳機時，他卻看到Bull的臉上露出詭異的微笑，KH感覺到一絲的不對勁，才準備要向後轉的時候，身後突然有人開槍，KH身體雖然有防彈衣的保護，卻因為開槍的人距離他實在太近，子彈的衝擊力之大，讓KH痛到倒地不起。

「沒想到你有穿防彈衣啊……」一個嬌小的身影從KH後方的安全梯走出。

是獵鼠。

被陰了。

「怎麼可能，為什麼有人走上來我會沒有發現……」

「你真是太笨了！我獵鼠最厲害的就是速度，還有不管潛入什麼地方都不會被別人發現的本事，不然怎麼當誘餌啊？」獵鼠嘰嘰地笑著，看起來就像真正的老鼠一樣。

「難道你們兩個是一夥的？」KH 試著拖動劇痛的身軀，去撿他剛剛因為中彈而掉落在地上的槍。

「嘰嘰嘰！你現在知道已經太遲了！我們不但瞞過 Ruse，還成功地騙得 KH 上鉤，現在鼎鼎大名的 KH 已經任我們宰割了！嘰嘰嘰……」

「殺了你，我們就會變成殺手界公認的最強高手。」Bull 拿著巨大的左輪手槍，一步一步地逼近 KH。

這時候 KH 已經拿到剛剛掉在地上的槍了，只是因為疼痛的關係，他完全沒有把握可以一次開槍殺掉兩個拿槍對著他的人，他開始有些慌張。

「死吧！」獵鼠興奮地要扣下扳機，只是槍不知道為什麼在這個時候被一股強勁的力道擊中，發出巨大的聲響，而手槍也飛了出去。

「怎麼會？」他抬頭看著 Bull，而 Bull 的槍也剛好在這時候被打飛出去，兩人朝槍飛走的反方向看，暗處走來一個拿著貝瑞塔狙擊槍，穿著白色大衣的男人。

「King……」KH 說。

「兩顆子彈剛剛好，我的任務只是阻止他們兩個人殺你，接下來的我就管不著了，你自己慢慢解決吧。」King說完之後開始拆掉他的狙擊槍，收進箱子裡。

KH眼見機不可失，忍痛把正在發呆中的獵鼠踢到Bull那裡去，Bull一把接住獵鼠，卻看到KH拿槍指著他們。

「是誰叫你來的？」KH問King。

「你知道的。」King收好狙擊槍之後，自顧自地走向安全梯。

而現在KH腦中只有浮現出一個最有可能的人選：Ruse。

「那個臭老頭……」KH轉過去King那邊。「站住！」

「嗯？」King停下腳步。

「我不會感謝你的。」

「我想也是。」King走下樓梯，KH把視線轉回到獵鼠還有Bull身上。

這時候KH左手的血已經止住了，他揉揉左手，惡狠狠地瞪著他們兩人。

「我們輸了，你要殺就殺吧！」Bull說。

「你殺吧！」獵鼠緊閉雙眼，但雙腿卻不爭氣地發著抖。

聽到這句話，KH把舉槍的手放下，這舉動讓他們兩個人看傻了眼，只見KH轉身背對著他們之後，就頭也不回地朝樓下走去了。

還沒搞清楚狀況的兩人，最後只聽到KH的聲音在安全梯口響著。

「這次輸的人，應該是我……」

門被打了開，門上的鈴鐺叮鈴作響，KH抓著包著繃帶的左手，慢慢地走到吧檯邊坐下。

今天KH的老位置旁邊多了兩個人，抬頭一看，竟是傷痕累累的獵鼠和神情落寞的Bull。

兩人看到KH也嚇了一大跳，正要從懷中把槍掏出來的時候，卻看見KH很鎮定地向Ruse要了三杯酒，遞給兩人。

「怕什麼？我是這裡的常客，而且我們今天都沒有接單，不必打打殺殺的。」

KH點起了菸，呼出了一口渾濁的白霧。

獵鼠和Bull笑了，開心地一口氣喝光眼前的酒。

「上次有人來攪局，下次再一決生死吧！」KH舉杯飲盡了杯子裡的Dry Martini。

兩人笑著點頭，KH則是又再度地吐出了一口白煙，煙霧繚繞在整個SICKLE酒吧裡。

而今晚的SICKLE，沒有一點殺手的氣息……

# 何為正義，劉凱浩與徐子廷之章

## 1

夏天很熱，台北市的夏天更加熱得讓人難以忍受，受不了台北市悶熱的天氣，節省的KH為了省家裡的電，跑到台北市立圖書館來吹冷氣。

KH找了一個有大落地窗的位置坐下，看著剛剛從書架上拿下來的幾本小說，細細品味著各個作家在字裡行間透露出來的浪漫。

就這樣看了一個下午，等到KH發現天色已晚的時候，他面前已經堆了將近十本小說了。

「我有看這麼快嗎？」KH看著眼前成堆的小說發愣，正當他要把眼前的小說都拿去放的時候，對面突然伸來一雙手，把一半的小說給拿了起來。

「不好意思，這些是我的。」一個年輕的男子把小說移開，KH看了看他的臉，戴著一副眼鏡，感覺上很有書卷氣，卻也不像書呆子那樣。

總而言之，就是一副很有文學氣息的樣子。

「你也喜歡看小說？」男子問KH。

「嗯。」KH沒有抬頭，只是對著他點了點頭，又把頭埋在書堆裡。

傍晚的夕陽很美麗，尤其是夕陽的橘色光芒透過玻璃窗射進室內，把整個館內映成溫暖的橙色，讓人的心情也開朗了起來。

KH和男子在圖書館裡聊得很投機，KH很久沒有跟別人聊天了，第一次遇到這麼聊得來的人，KH看著他，突然之間，KH覺得他跟那個男的很像，只是他位在光明的世界，而自己在見不得光的黑暗中。

天黑了，KH和男子一起離開圖書館，兩人邊走邊聊。

「對了，我都還沒告訴你我的名字，我叫徐子廷，你呢？」

KH笑了一下，他好久都沒有對別人說出他的本名了，當然被警察檢查身分證時是個例外。

「我叫劉凱浩。」他對子廷伸出手，兩人握手。

「跟你聊天很愉快。」子廷說。

「彼此彼此。」手拿開之後，凱浩連聲再見也沒有說就轉頭離開了。

今晚很特別，因為自己曾有一小段時間叫劉凱浩，而不是殺手獵人KH，凱浩這麼想著，看了看手錶，然後他慢慢地走向 SICKLE。

隨著進門發出的鈴鐺清脆聲響，走進 SICKLE 的劉凱浩又漸漸的變回了平常的 KH。

他點了一根菸，苦笑。

SICKLE 裡，Ruse 正在看著電視，電視在報導台南一個黑道堂口昨天晚上被一瞬間殲滅的報導。

「你來啦？」Ruse 遞給 KH 一杯酒。

「是 King 幹的吧。」KH 指著電視說。

「你以為全台灣有能力的殺手只有 King 嗎？而且依我看，這只是普通的黑道火拚罷了。」Ruse 拿起遙控器轉台，轉到另外一台時，剛好是在報導有關於 KH 的事情。

「你上電視了。」Ruse 說。

「給我閉嘴。」KH 指著店裡的其他客人，然後指著電視。「關掉它。」

「先看看他們說什麼。」Ruse 目不轉睛地盯著電視看，KH 很無趣地吸了一口菸。

電視裡的是一個談話性的節目，似乎專門在針砭社會的大小問題，每集都會請來不同的來賓，而這次請到犯罪心理學家、台北市警察局局長、立委戴煌郎，還有一位年輕的律師徐子廷。

徐子廷？KH 聽到這名字之後，朝電視一看，果然是今天下午在圖書館遇見的人，原來他是個律師。

「照這個情況看來，那個大家通稱的殺手獵人心理問題非常的嚴重。」犯罪心理學家言之鑿鑿。

「怎麼說呢？」節目主持人很好奇地問。

「因為殺手殺人，所以是邪惡的，KH 雖然殺的是邪惡的殺手，但是他做的事終究還是殺人，而他卻把殺掉殺手當作是一個正義的行為，我覺得有這種心理非常的可怕，萬一讓他找不出殺手殺了，他就會開始以正義為名，殘害一些他認為有罪的普通老百姓。」

Ruse 看了 KH 一眼，KH 像是嘲笑似地微笑著，然後開始吐煙圈。

「殺手的存在是很神秘的，光是我們警察單位費盡心力，一年也抓不到幾個殺手，而 KH 能這麼輕鬆地找到殺手，我覺得幕後一定有一個龐大的組織在策劃這一連串的行動。」台北市警察局局長很激動地說。

「換句話說，這是一場大規模的謀殺！」立委戴煌郎也插進了一句話。

這次換KH看著Ruse了，而Ruse也是不置可否地搖搖頭，笑了出來。

「那徐律師，你有什麼不同的看法嗎？」主持人轉過去問一直沒發言的徐子廷。

徐子廷拿起了麥克風，不疾不徐地，就像他在跟KH聊天時的平穩語氣說：「我覺得，KH為什麼把殺手列為目標，一定有一個極大的原因。」

「喔？什麼原因呢？」主持人問。

「可能性很多，例如復仇。」KH瞪大了眼睛，不可思議地看著電視裡的徐子廷，然後慢慢地低下頭，抽著他的菸。

「你是說，他跟殺手之間有仇恨嗎？」

「目前我覺得最合理的就是這個解釋了，其他我覺得都很牽強，因為他如果是要消滅邪惡的人，不一定只挑殺手下手，挑一些重犯下手，也不會像在對上殺手的時候要用性命相搏，畢竟他的對手可是一群殺人專家。」子廷推了推眼鏡，看著主持人說。

接著就是一群人在那高談闊論了，Ruse不想繼續看下去，看到KH對電視裡的內容已不感興趣之後，他拿起遙控器關掉電視。

「我要接單。」KH冷冷地說。

Ruse 搖搖頭，從吧檯下拿出一張照片，還有一疊資料。

「他叫龍顯，職業是刑警，綽號『龍哥』。」

「刑警？我要的是殺手資料。」KH 把照片和資料丟回去給 Ruse。

「他是警察，也是殺手。」Ruse 把照片和資料推回去給 KH。

「全台灣有好幾個殺手潛伏在警界裡面，藉以獲得警方的資料，保障自己的安全。」Ruse 喝了一口酒。「最近台灣秘密組織了一個 Killer Hunter 對應組織，叫做 Expert Tracing Detail for KH，簡稱『ETDK』，還從日本重金禮聘一個刑警來當最高搜查官。」

「這麼大手筆，那龍顯跟這個 ETDK 有什麼關係？」

「龍顯是潛伏在警界中的殺手裡職位算最高的了，他被挖角進入 ETDK 負責搜查你。」

「想藉機查出我的底細？」

「或許吧，但是這一次他要殺的人就是日本來的最高搜查官。」

「那個小日本叫什麼名字？」KH 邊看資料邊問。

Ruse 沒有回答 KH 的問題，只是再調了一杯酒給 KH。「他會在一個禮拜後的 ETDK 會議中對他下手，這次你要潛入刑事局裡。」

「潛進去？有準備特殊身分給我嗎？」KH 喝了一口酒。

「你覺得你頭髮這麼長，人家會相信你是刑警嗎？」

「我想也是。」KH 摸了摸自己留的棕色中長髮，將酒杯內的酒一飲而盡，接著離開了吧檯。

「小心一點。」Ruse 說。

「如果我死了，記得找其他殺手幫我幹掉那個龍顯，還有那個小日本。」KH 拉開了 SICKLE 的門，門上的鈴鐺叮鈴的響著。

「我會的。」Ruse 說。

## 2

整天埋在家裡看著資料的 KH 心情很亂，聽過的音樂聽了再聽，看過的電視看了再看，直到他心情悶到開了好幾槍把音響和電視打爆，他才像是豁然開朗似的笑了開來。

「剛好想換換電視。」KH撥了通電話給全國電子，請他在今晚送來最新的音響和液晶電視後，KH抓了把鑰匙，騎著車一路狂飆到台北市立圖書館。

他走到上次坐的位置坐下，而他的對面已經坐了一個人，那個人正是徐子廷。

「凱浩，你來啦？」KH遲疑了一下，才回了神，對著子廷笑了一下。

「你今天不看小說？」凱浩指著子廷手中拿的報紙，子廷將報紙轉過來，報紙上談論著KH的事。

「我上次有看那節目。」凱浩說。「原來你是個律師。」

「嗯，你對KH也有興趣嗎？」

「算有吧。」凱浩繼續把頭埋在小說堆裡，因為自己就是KH，也不知道該怎麼回答他的問題。

於是子廷開始跟凱浩聊起了KH，不對，應該是聊在工作時的自己。

子廷對於KH似乎很有興趣，所以才研究KH，凱浩發現子廷對KH的態度沒有像其他司法人員對KH的憤怒及堅決否定KH的行為，反而以KH的角度分析他會這麼做的原因，而且所做的分析鞭辟入裡。

「你為什麼會研究 KH？」凱浩問。

「因為我跟他是同一種人。」

「同一種人？」凱浩難以置信地看著子廷，沒有任何殺手的殺氣，所以他絕不是個殺手，但是他為什麼會說他跟自己是同一種人呢？

「我也是因為要復仇，才踏進律師這條路的。」

「復仇？」

「在我很小的時候，我的父親被騙了一大筆錢，但是因為罪證不足加上我們家對法律知識的貧乏，因此沒有對對方提出告訴。因為這個樣子，我母親離開了我父親，我們家的生活變得很辛苦，我父親在死之前都還在還債。」

「的確是很可憐。」凱浩抬起埋在小說堆裡的頭，靜靜地聽著子廷說。

「我爸死後，我一面工作一面讀書，努力了好幾年，終於取得律師資格，而且我將我從小到大蒐集的資料統整，對騙我們錢的人提出告訴，而且在對方毫無立場再提起上訴之下勝訴，獲得的民事賠償金額也足以讓我還清債務。」

「那樣很好，不過你為什麼說 KH 跟你是同類人呢？你怎麼確定他是為了復仇才當殺手獵人的。」

「因為我見過他。」子廷說。

聽到他這麼說的凱浩嚇了一大跳，如果對方真的見過身為KH的自己，那他現在不就知道自己的真實身分了嗎？畢竟他在執行任務時可沒有蒙面。

如果是真的見過自己，他現在就是在裝傻，到底是有什麼目的？

凱浩手伸進口袋，扣上他的小刀，準備隨時處理掉這個燙手山芋。

「有一次，我的一個客戶來找我，跟我說有人要殺他。」子廷看著窗外說。

「殺他？」

「嗯，一開始我很疑惑，後來他跟我說他是殺手還有會被殺的原因之後，我明白了一切。」凱浩聽了之後，開始回想子廷所說的話，兩年多前是有一次在執行任務的時候有外人在，但是當時剛好有警察經過，他放過了那個人離開。

難道那個人是子廷？

「我跟他本來要回我家去避一避，但是在半路上有一個穿著黑色衣服的人從暗處竄了出來，一槍打中了他的心臟，他就這樣死了，我以為我也會被殺掉，但是他只看了我一眼就離開了，而且當時太暗了，我也只是看到他的眼睛。」

只看到眼睛？凱浩微微地鬆開了扣在小刀上的手指。

「他的眼神透露了很複雜的感情，但我認得其中的兩個訊息。」

「什麼訊息？」凱浩問。

「仇恨，還有傷痛，而且很強烈。」子廷放下報紙。「那是我曾擁有的情感，所以我很明白。」

「這是那個人留在現場的東西。」子廷把手伸進從口袋裡，把一張黑色卡片拿了出來。「一直到新聞媒體慢慢報導之後，我才知道那個人叫做KH。」

這時候凱浩已經完全放開扣在小刀上的手了，他看著眼前這個頂多年紀跟他差不多的男子，終於知道自己和他像在哪裡了，只是一個選擇相信法律，走向光明的大道，而他自己還在暗夜的迴廊裡獨自徘徊。

「我得走了。」凱浩起身，拿起他的外套準備離開，離開前他看了子廷一眼，說：「那你覺得我的眼神中有什麼感情？」

「迷惘，卻又對自己做的事堅定不移。」子廷對凱浩笑了笑。

「下次一起去喝個咖啡吧！」凱浩說。

「OK！我每天都很有空。」

「先走了，後會有期。」凱浩轉身離開了位置。

「再見。」

## 3

「沒想到要用這個東西……」KH把腰帶固定好，腰帶前方有一個像輪軸的東西，捲著鋼線，鋼線的最尾端是一個鋼夾子。

KH把鋼夾子抽出來，放在一個槍形的發射器上，然後對準公園裡一棵樹的粗樹枝。

看看周圍沒人之後，KH把鋼夾發射出去，鋼夾扣住樹枝之後，他拉了拉，確定不會掉下來，然後按了腰帶上的按鈕，輪軸開始急速旋轉，他整個人被拉到樹上去。

應該是太久沒用了吧，KH操控得很笨拙，差一點就撞上樹幹。

在反覆練習幾次之後，KH慢慢把自己從樹上放下來，只是他沒有注意到有一個小孩正在看著他。

「叔叔，你是超人嗎？」小孩天真地問。

KH想了一下，拆下腰帶，拿給小孩。「對啊！我是超人喔！你想飛嗎？把這個腰帶綁在腰上就可以飛了喔。」

「真的嗎？」

「當然是真的。」KH把腰帶綁在小孩的腰上，按了按鈕，兩人一起升了上去。

「我真的飛起來了耶！」小孩高興地大叫。

KH 和小孩在公園玩著超人遊戲直到天黑，小孩才心滿意足地回家去了。

「超人叔叔，下次再一起玩！」

「當然好囉！再見。」

「再見！」

小孩走後，KH 默默地將腰帶及鋼線收回，看著手邊的器具，他說：「原來可以吊兩個人……」

某個星期五晚上，在眾人享受著週末歡愉的氣氛時，內政部警政署刑事警察局裡正準備要召開一個重大的會議。

「好髒……」黑漆漆的天花板中，其中一個通風管裡傳出 KH 的咒罵聲。嘴巴咬著手電筒，手裡拿著通風口的位置圖，KH 慢慢地爬向目標出現的地點，六樓的會議室。

從一開始潛進去開始，到現在接近會議室，一路上都是在爬著黑漆漆又髒兮兮的通風口，這時候 KH 開始後悔為什麼不把頭髮剪短一點。

「應該是到了。」KH看了看位置圖，把一片天花板掀起來之後，他看到了一片漆黑的會議室。

會議室裡坐滿了人，看起來是幻燈片要播放的樣子，KH看著唯一還站著的人，可是看得不是很清楚。

「他應該就是那個小日本了吧。」

KH心想，裡面這麼黑，就算是幻燈片播放之後他也找不到哪個是龍顯，於是他小心翼翼地把手伸進已經佈滿灰塵的外套口袋裡，拿出一副紅外線夜視鏡。

「好好的其他副業不做，偏偏做警察當煙霧彈，搞得我來殺你還要大費周章……」KH用氣音嘟囔著，吹掉佈滿在眼鏡上的灰塵之後，KH戴上紅外線夜視鏡，開始找尋龍顯的位置。

「糟糕！」就當KH剛好找到龍顯的位置時，口袋中的黑色卡片不小心掉了出去，卡片慢慢地掉落，剛好飛過大家正在盯著的螢幕上。

這真是史無前例的大烏龍，當全場的刑警們都對這張卡片感到疑惑時，KH看到龍顯趁亂起身，拿著槍對準站在他身旁的望月昌介。

「龍警官，你做什麼？」望月說。

「對不起，你一定要死。」龍顯冷冰冰地看著指揮官。

「我管不了這麼多了！」KH見機不可失，如果再慢下去，等到會議室裡面開燈之後，他的位置就會曝光，到時候他就算殺了龍顯都不見得逃得出去。現在開槍，還可以嫁禍給在場的其他刑警，讓大家不會注意到待在天花板上的自己。

子彈從裝了自製滅音器的沙漠之鷹中射出，絲毫不差的射中龍顯的腦門，讓龍顯的頭開了個花。

正當KH想趁大家亂了陣腳的時候趕快溜走，沒想到這時望月從地上撿到剛剛KH掉落的卡片，而且也發現了天花板失去的一片。

「有人在天花板裡面，是KH！」望月大喊，KH這時候已經沒有時間回頭看了，只是覺得這個指揮官的聲音很耳熟，剛剛卻也沒有時間看到他的臉，現在更不可能了。

「什麼？他到這裡來了？」一個刑警說。

「這麼囂張？」另一個刑警說。

「他不是只殺殺手的嗎？難道龍哥是……」

大家七嘴八舌地猜測，只有望月昌介異常冷靜地從懷中掏出槍，朝天花板射去。

這時KH剛爬過的地方被子彈穿過，KH看著天花板的破洞開始冒冷汗，然後快速地爬離。

望月開了一槍之後，知道沒有命中KH，他從一旁的抽屜翻出一張紙，看了看，然後望向其他刑警。

「他往天台去了，快追！」望月打開會議室的門，對外面還在執勤中的刑警說：「所有人把槍上膛，KH往頂樓去了！」

接著是辦公室裡所有刑警的一陣譁然，然後在望月再一次的怒斥下，所有人將懷中的槍上膛，臉色鐵青地跟望月衝上頂樓。

按下腰帶上的按鈕，以極快的速度到來到頂樓的KH，本來想偷偷用逃生梯下樓的，卻聽到逃生梯有一群人衝上來的聲音。

「太扯了吧！難道他把全警局的警力都派上來了要逮我？」KH慌了一下，卻又立刻想到什麼似的，露出得意的微笑。

帶著一群警察衝上頂樓的望月，到了頂樓開始分派人員做地毯式的搜查，但除了KH逃上來的通風口之外，什麼都沒找到。

怎麼可能呢？自己明明用最快速度調了幾乎是全警局的警力上來追人了，怎麼會找不到呢？

等等，全警局的警力？

望月愣了一下。

當望月還傻傻的帶人往頂樓衝的時候，KH從容地回到通風口裡，爬回六樓的會議室，跳下會議室，拍拍身上的灰塵，不疾不徐地把黑色卡片放到桌子上之後，從逃生梯跑向樓下離開。

等到望月回到會議室時，他看到KH重新放在桌上的黑色卡片，還有一地的灰塵，他沒有他該有的惱怒，反而開始大笑。

「哈哈哈……你果然是個聰明的對手啊！不過不這樣子的話，逮到你就沒意義了，不是嗎？」不管眾人對自己大笑感到瞠目結舌，望月收拾了自己的東西便離開了刑事警察局。

「盡量把這事情壓下來。」這是他人離開刑事局之前，最後對大家說的一句話。

另一方面，剛從刑事警察局走出來不久的KH，慵懶地在附近的便利商店喝飲料。

「這次要跟那臭老頭要雙倍價錢。」點了一根菸，他說。

# 奪首劍神，影劍歐陽永騏之章

## 1

悶熱的夏夜裡，難得吹來一陣風，只穿著一件汗衫的 KH 專心地保養著他的槍。手中的沙漠之鷹不知道已經奪去了多少人命，從當殺手獵人開始，這把沙漠之鷹就一直陪伴在他身邊，算是用到有感情了吧！

陪伴？用這個詞好像有點奇怪，KH 笑了一下，手機也在這時候響起來。

「現在？好吧好吧！我保養完槍就出門。」KH 掛上電話，看了看牆上的時鐘，凌晨一點半。

「Ruse 這臭老頭這時間找我做什麼？」把沙漠之鷹旋上不知道已經重做幾次的自製沙漠之鷹滅音器，放進暗袋裡，KH 抓了一把機車鑰匙下樓。

SICKLE 的門被打開了，睡眼惺忪的 KH 走到櫃檯，跟 Ruse 要了一杯咖啡喝。

「找我幹嘛？」KH 一口飲盡了杯中的咖啡。

「這個。」Ruse 拿出一張照片，還有一疊資料。

「又拿單給我？上次的帳我還沒有跟你算呢。」KH 對桌上的照片和資料不屑一顧。「我有權利不接單。」

Ruse 轉身過去，拿了一瓶伏特加，開了蓋子，自顧自地喝了起來。

「這次的任務在花蓮。」Ruse 說。

KH 拿著菸的手不由自主地顫抖了一下，看了 Ruse 一眼。「你是故意的。」

「呵，你可以順便回去看一下。」伏特加濃濃的酒精刺激，讓 Ruse 微微嚇了一跳。

「太久沒喝這個了……」Ruse 放下酒杯。

KH 把照片還有資料拿了過來，照片裡的是一個年約四十歲的男子，手中還拿了一把發著寒光的武士刀。

「難道他是……」KH 看著 Ruse。

「嗯，他正是殺手中刀術無人能出其右，有影劍之稱的歐陽永騏。」

「我看你是根本想要我去死。」KH 點了菸，吸了一口。

「可能吧。」

KH 看了 Ruse 一眼，然後把資料還有照片拿走。

「我接了。」KH 說。

一向不喜歡開車的 KH，因為這次任務地點實在是太遠，於是臨時到黑市車行買了一部奧迪 A 3，徹夜往花蓮開去。

KH 開著車在蘇花公路上狂飆，速度之快，連九彎十八拐他也不放在眼裡，就旁人來看根本就是在找死，而他只是習慣這種玩命的感覺。

「從你當殺手獵人開始，我就不指望你能活下來。」這是剛才 Ruse 在 KH 離開 SICKLE 時跟他說的話，點醒了 KH 自己的處境。

實話，真的是實話。

今晚的 KH，已經將之前在圖書館的劉凱浩的身分忘得一乾二淨，從現在開始他回到原點，冷血的殺手獵人。

開到花蓮的時候已經天亮了，KH 找個地方停車，吃了個早餐之後，他人來到一棟廢棄的別墅前。

隨便找個地方坐了下來，KH 閉上眼睛，感受這這裡所吹來的輕風。

「好熟悉的感覺……」

KH 的思緒穿越別墅的圍牆，穿越庭院，來到別墅的門前。

這時候的他是劉凱浩，一個殺手。

凱浩家庭生活非常優渥，但是從小生活在這個圈圈的自己很不開心，雖然他習得了一切，精通英、法、日、韓、西班牙等多國語言，運動、樂器無不精通，甚至還跟父親到私人的射擊練習場習得一身的好槍法。

就外人來說，劉凱浩是一個家中有錢、人又完美，受到上帝眷顧的孩子，但他的內心很孤獨，真的很孤獨……

家裡很有錢，但父親卻沒有任何像是公司的企業，一大堆錢不知道從哪裡來，連母親也是一天到晚不在家裡，大他五歲的大姐、大他兩歲的二姐從小就不太跟他說話，凱浩只好把注意力全都集中在父親從小叫他學的所有事情上，天真的他相信，總有一天父親會把所有的疑問都解答的。

他一直深信著，直到他有一次跑到父親的書房……

高三時的凱浩，因為成績優秀，編進了學校的資優班。這一天班上的輔導課特別提早下課，回到家的凱浩看見家裡沒什麼人，隨便轉了幾圈之後，他來到一扇門前。

「爸的書房……」凱浩看著這禁忌的門，一直以來，父親總是千叮嚀萬囑咐他絕對不可進去書房，而小時候的凱浩哪聽得進去？好幾次闖進了書房，也被抓起來毒打了好幾次。

而他闖進去之後看到的雖然只有一堆書，但他深信裡面一定有更黑暗的秘密。

轉了一下門把，是鎖住的，凱浩從口袋拿出一只迴紋針，用父親教他的開鎖術把門鎖打開，轉動把手，映入眼簾的是一個，一直以來對他來說都是禁忌的世界。

中空圓柱形的書房，凱浩看了看四周，應該是有重新裝潢過吧，跟他小時候的記憶不太相同，現在的書房跟以前比起來壯觀多了，書也多了好幾層，從前的長方形兩層樓高的書房，已經變成像一口井似的壯麗空間，抬頭向上看，還看得到星空。

走到書房中央的桌子前，凱浩試著摸索不尋常的事物，但不尋常的定義是什麼呢？凱浩不知道，他只想找尋有關這家裡的秘密罷了。

「爸很聰明，只要我亂動他的東西他一定會知道……」凱浩小心翼翼地用眼睛搜尋他所想要的東西，終於，在父親堆滿書的桌上，看見了一本墨綠色的小冊子。

凱浩拿起了冊子，試著用最快的速度看完它，當他越看到後面，他越站不住，身體不由自主地顫抖，冷汗直流，後來他無力地靠在桌子上。

「Ruse……殺手……原來爸、媽，還有……都是殺手……」一個站不穩，凱浩踉蹌地向後一跌，撞上了放在桌子上的檯燈，檯燈沒有因為這個撞擊而倒下，而是慢慢地傾斜，且隨著檯燈的傾斜，書房也發出了一些聲音。

那是軌道在滑動的聲音，凱浩不可置信地看著眼前的這一幕，原本放書的書櫃打開了，成千上萬的武器映入眼簾，活像個武器博物館。

受到如此大驚嚇的凱浩，雖然還驚魂未定，但他很快地回過神來，把傾斜的檯燈弄回原狀，看著書櫃再度關起來之後，他把小冊子再看過一遍，然後放回原位，輕輕地關上門，將門鎖上。

凱浩握著剛剛從書櫃後面拿來的一把沙漠之鷹，放進外套口袋，走出門，坐上父親買給他的保時捷，一路朝著北方狂飆而去。

「殺手界的神，Ruse……」夜色裡，凱浩的眼神越來越可怕，就像一隻已經看準獵物的老鷹，等待獵物鬆懈的那一剎那準備獵殺。

而快如閃電的保時捷，也在往台北的路上，慢慢融入夜色之中……

# 2

KH慢慢走進門內，厚厚的灰塵讓KH呼吸困難，穿過一道長廊之後，他來到一個偌大的客廳。

所有的家具都還在，只是佈滿了歲月侵蝕的痕跡，還有厚厚的一層灰，KH拍都不拍的就一屁股坐在已經被灰塵覆蓋且被蟲蛀得全是洞的沙發上，看著天花板，嘆了口氣，然後他閉上眼睛。

保時捷911以閃電般的速度開進台北市，在城市裡穿梭了幾個街道之後，停在一棟不起眼的三樓建築前。

凱浩下了車，看了看手中從父親的筆記本上抄下來的地址，然後直接向位在大門旁的小樓梯走去。

樓梯很窄、很陡，凱浩小心翼翼地走到最底的一扇黑色小門前，他抬頭看了看，門上有一個招牌，寫著SICKLE，鐮刀的英文。

在決定推開門之前，凱浩開始預想他心裡所想的，父親筆記裡所記載的殺手界之神，Ruse，究竟有多麼可怕。

心臟跳動的速度越來越快，汗水也不聽話的流了出來，凱浩緊緊握住懷中的沙漠之鷹，想像著等會發生戰鬥時的景象。

「沙漠之鷹的後座力很強，在開槍時最好要用兩隻手，右手用來握槍，左手托槍。」凱浩想起他父親曾經叮嚀他的話，吸了一口氣，右手緊握住手槍，左手慢慢地把門把轉開，門打開，門上的鈴鐺發出清脆的叮鈴聲。

「我等你很久了，劉凱浩。」凱浩進門之後，感覺不到任何肅殺之氣，酒吧裡頭也沒有任何人，只有一個頭髮斑白的老人坐在吧檯裡面，目不轉睛地看著桌子上的酒杯。

「請你的。」老人把酒杯舉了起來，做出了一個微笑的表情，只是看在現在的劉凱浩眼中，那個微笑卻有更陰邪的感覺深藏在其中，那感覺像是殺過幾百人之後的血腥之氣，又充滿了陰謀。

凱浩快速地舉起手中的沙漠之鷹，準確地瞄準老人手上的酒杯，扣下扳機，距離近五公尺外的小酒杯就這樣被子彈轟成碎片，酒也到處亂灑。

「好槍法。」眼前的杯子被子彈穿過，老人連眼皮也沒震一下，只是拿起抹布收拾碎玻璃。

凱浩慢慢走近老人，在前進的同時也偷偷地環顧四周，但他不敢把視線移開老人，深怕會被這深藏不露的老傢伙給一槍斃命。

畢竟自己從小到大的直覺都很準。

「這裡沒有其他人了。」老人頭也不抬地對著凱浩說。

「你就是 Ruse 吧。」凱浩的聲音微微地顫抖著，握著沙漠之鷹的手也因為凱浩的害怕而越握越緊。

「嗯。」老人不置可否地點點頭，然後拿起另一個酒杯，喝了一口酒。

「我爸呢？」

「出任務去了，去殺人。」凱浩看著 Ruse 對於父親的職業一點都不想隱瞞的樣子感到驚訝，但看著 Ruse 神態自若的樣子，凱浩笑了一笑。

是啊！自己會到這裡找他，必定已經知道父親是殺手，只是缺少絕對性的人證，既然是這樣，那就不需要隱瞞。

想到這裡，凱浩像是豁然開朗地大笑，然後走到吧檯，把手中的沙漠之鷹往桌上一擺，對Ruse伸出右手。

「剛剛不是要請我喝酒？」凱浩找了張椅子坐下，看著Ruse說。

而Ruse像是料到這一切的樣子，做出個「我就知道是這樣」的表情，然後遞給凱浩一杯雞尾酒，杯子旁還放了一片檸檬。

「讓我當殺手。」凱浩看著Ruse，Ruse也看著凱浩，剛剛他們之間的緊張氣氛已經瞬間消失殆盡，只因為凱浩知道，Ruse的眼神裡早就看出一切，就算剛剛他真的用現在放在吧檯上的沙漠之鷹跟他對幹，死的一定不會是眼前這個年過半百的老人。

「但是別讓我爸知道。」凱浩又喝了一口酒。

「當殺手，連家人都得隱瞞。」Ruse倒了一杯咖啡，靜靜地喝著。「因為有可能被下單的就是你的家人。」

「那我就把下單的人幹掉！」凱浩用力捏爆了手中的酒杯，碎片深深地嵌進凱浩的掌肉裡，血流了滿桌。

對自己的人生中，家人可說是虛幻的存在，但也是重要的羈絆，誰想對自己的家人不利，自己就要跟他拚到底。

所以對凱浩來說，當殺手不是為了刺激的玩命任務，而是為了更接近他的家人。

尤其是最尊敬的父親。

半年後，一個殺手界的超級新星震驚全世界，身手敏捷，計畫周密，小至剛滿月的嬰兒，大到有二十幾名隨扈保護的總統，通通都變成凱浩的槍下亡魂。

當年的資優高中生已經不再，取而代之的是一個雙手沾滿血腥的恐怖殺人魔王。

就在凱浩極度活躍的時候，一件悲慘的事情發生了。

凱浩首次在Ruse的安排下與一個名叫鬼塚和延的日本殺手合作，短短的兩個月，在日本犯下數十件的殺人案，讓警方深感頭痛，於是請了一個警界中破案率百分之百，有「日本警察之星」之稱的超級刑警望月昌介來負責逮捕這兩個人。

鬼塚和延，殺手代號「オニ」，有鬼神之稱的他，做起事來極盡霸道，而且也喜歡玩殺人預告那一套。

最後一次在日本的任務執行前，凱浩陪著鬼塚到郵筒寄出後天晚上的殺人預告到警視廳，然後好整以暇地走到河堤旁，跟鬼塚躺在暖洋洋的陽光下享受日光浴。

「好快啊！都已經快一年了。」鬼塚感嘆地說。

「嗯，發生了很多事呢。」凱浩看著在河堤旁玩耍的孩子們，想想在這一年中，他跟鬼塚已經培養出無比的默契，也發展出了凱浩以前都感受不到的，真正的友情。

於是他們開始在河堤邊有一搭沒一搭地聊著。河堤旁的小孩都走了，太陽下山了，走在河邊的情侶也越來越多。

鬼塚嫌惡地看著你儂我儂的情侶們，然後拍了拍凱浩的背。

「幹嘛？」凱浩轉過頭去，只看到鬼塚拿出手槍，然後上膛。

凱浩來不及阻止這一切的發生，只見鬼塚對空中開了三槍，震耳欲聾的槍聲驚嚇到河堤旁的所有人，有人看到手中拿著槍的鬼塚，拿起電話要報警。

「快跑！」鬼塚大笑，拖著凱浩往市區裡衝。

發生這種愚蠢的事已經不是第一次了，原因只是鬼塚不爽情侶。

「那你幹嘛不去交一個女朋友，反正你錢賺得夠多了。」凱浩看著每天猛抽菸的鬼塚說。

「我妹很漂亮喔，要不要考慮一下？」鬼塚拿出一個女生的照片給凱浩看，照片裡頭是一個高中女生的照片，身材高挑，臉蛋也長得很漂亮，第一次看到真的會很成功地被鬼塚轉移話題，只是當他在一年之中已經拿出至少一百次給凱浩看了之後，凱浩連爭辯都懶了，只好不置可否地搖頭認輸。

兩天後，在日本東京都爆發了一場日本有史以來規模最大的槍戰場面，兩個殺手預告要殺掉股票大亨犬飼藤三郎，並在人來人往的街頭下手。

自信過頭的望月並沒有打算事先警告犬飼，只是一股腦地派下重警力防備，甚至還秘密調來了自衛隊的重裝武器，打算來個重火力互拚。

在鬼塚及凱浩與日本警方的纏鬥之下，表參道儼然變成半個廢墟，人群死的死，傷的傷，同時也失去了數十名警力，只剩下望月昌介。

看著血流成河的街道，望月昌介光火，對著凱浩還有受了重傷的鬼塚就是一陣亂槍猛打，直到雙方彈盡援絕。

氣力放盡的望月坐在地上，看著頭被打爆的犬飼倒在他旁邊，他甚至連拿起無線電請求支援的力氣都沒有，只是默默地聽著無線電裡嘈雜的聲音，然後看著凱浩靜靜地揹著滿身是血的鬼塚離開。

「你還好吧？」把鬼塚揹進杳無人跡的暗巷之後，凱浩看著全身中彈，連站都站不起來的鬼塚說。

「目前還死不了。」鬼塚說著，然後從上衣口袋拿出已經被子彈打得稀巴爛的Marlboro 菸盒，拿出一根看起來還像是香菸的白色條狀物，點了火就直接抽了起來。

抽了幾口，鬼塚從他的褲子口袋拿出他的皮夾，遞給凱浩。

「幹嘛？」凱浩的語氣很冷靜，但眼眶已經漸漸地紅了起來。

「你哭個屁啊？娘們似的。」鬼塚吸了一口菸，但吐出來時卻咳得厲害，還咳出了血來。

「該死……血已經流到肺了。」鬼塚摸著自己的胸口說著。

「我送你去醫院。」凱浩說著就要揹起鬼塚，但鬼塚硬是把凱浩甩開。

「去什麼他媽的醫院？我可不想被抓，抓到要判死刑，倒不如讓我像現在這樣戰死，也他媽的比較帥。」鬼塚又吸了一口菸，卻還是又咳了血，菸的濾嘴上被鬼塚的血染成深深的紅色。

凱浩終於掉了眼淚，在鬼塚吸了一半的香菸掉到地上之後。

凱浩到加油站用槍威脅店員，搶了一桶汽油之後，回到暗巷，把汽油潑在鬼塚的身上，然後用鬼塚的打火機點火。

「要是我死了，記得用火幫我火葬。」一次跟鬼塚躺在河堤的草坪上時，鬼塚這樣跟他說。

「為什麼？」

「因為我殺了這麼多人，一定是到地獄去啊！反正到了地獄還是要被地獄的業火燒得不成人形，倒不如燒我的屍體代替我的靈魂受刑，到時候我說不定還可以直接成佛勒！」然後鬼塚把菸蒂彈到坐在下面長椅上的情侶，兩人嚇得拔腿就跑。

看著被火焰吞噬的鬼塚，凱浩不停地掉眼淚，直到火燒完了之後，凱浩才緩緩地離開暗巷，離開東京，離開日本。

回到台灣的凱浩，沒有跑到 Ruse 那裡借酒澆愁，只是一個勁地開車回花蓮，他不知道為什麼會沒有按照慣例，下任務之後就到 Ruse 那去報到。

他只是很想回家，心裡也想著必須回家。

推開門，家裡依舊是平靜，但些許的血腥味隱瞞不了殺人無數的凱浩，凱浩快步朝二樓衝去，毫不猶豫地打開書房反常沒鎖的門，看到難以置信的景象。

一股噁心刺鼻的屍臭味撲鼻而來，書房裡橫躺著的是父親的屍體，凱浩走近一看，額頭一槍斃命，從腐爛的程度看起來，已經死了一個月以上了。

然後凱浩又分別來到母親的臥室，大姐、二姐的臥室，看到的都是死了很久，身上爬滿白蛆的噁心屍體。

一股火從凱浩的身體裡蔓燒開來，他知道這俐落的手法絕不是普通強盜，就算是，也不可能是爸的對手。

一定是殺手，而且是很強的殺手。

SICKLE 的門被打開了，還沒開始營業的 Ruse 好整以暇地坐在吧檯上看電視，看到凱浩走來，他只是遞了杯酒給他。

「你有殺手的資料嗎？」凱浩問。

「多到你一輩子都殺不完。」Ruse 微笑。

「原來你什麼都知道了。」凱浩說。

「我一向是無所不知的。」

這一天，凱浩正式變成一個專殺殺手的獵人 KH，也開始抽起過去二十年從未碰過的香菸。

而一條沒有未來，黑暗復仇之路的大門，也悄悄地為 KH 打了開來。

3

坐在破沙發上的 KH 把剛抽完的菸彈掉，又點了一根，他從沙發上站起，拍拍身上的灰塵，然後向二樓走去。

靠在樓梯的欄杆上看著大廳，回憶著已經久到發霉的陳年舊事，KH 突然笑出聲來。

「看來……我還是很執著啊……」口中吐著白霧，KH 緩緩走向書房，推開已因潮濕而腐爛生蠹的木門，屋內的空間還是一樣，只是書房裡的書早已跟屋裡的其他木頭家具一樣腐爛，沒腐爛的也被蟲給啃光了，他抬起了頭，看了看天空，幾道陽光像是柱子一樣的立在房裡，天空也藍得看不到一片雲。

原本應該是個令人感到舒服的好天氣，卻不知怎麼的，陽光照射進書房的感覺，有一種濃厚的諷刺感。

KH 走到書桌邊，手靠在佈滿灰塵還有蜘蛛網的檯燈上，慢慢地往下壓。

依舊是發出巨大的隆隆聲，眼前的書櫃也如想像中的打開，書櫃後面的空間放的依舊是滿滿的槍械武器，及琳瑯滿目的子彈。

「不知道壞了沒有，開槍開到膛炸可不是好玩的……」自言自語的 KH 挑著書櫃後面的武器還有子彈，然後在書房的地上騰出一個空間，靜靜地擦拭著。

另一方面，在台北市刑事警察局裡，望月正為了上次發生在局裡的刑警龍顯被殺一案，對刑事局高層做報告。

「所以根據我的調查結果，殉職刑警龍顯，是潛伏在警界的殺手的機率非常大。」望月指著用磁鐵條貼在白板上的龍顯照片，還有幾個數據的圖。

「而且，在警界裡潛伏著其他殺手的可能性也相當的大。」望月將白板上的數據圖拿了下來，用稍微強一點的力道摔在桌上。

「如果基本體系就有缺陷了，那我們要如何抓這些殺手？」望月將眼神掃過全場的長官一遍。「何況是殺手獵人。」

在場的所有人開始討論，有人甚至直接對著望月劈頭就是破口大罵，說他就算是日本派來的特別人物，也不能如此挑釁在場的長官們，而有人直接就罵他日本鬼子、沒能力、只會在那裝酷……等，幾乎是極盡所能地侮辱他。

而對於這些辱罵，望月只是一邊喝著手中的咖啡，一邊靜靜地聽，等到大家的喧鬧聲已慢慢地靜了下來之後，望月的咖啡也剛好喝完，只見他神態自若地拿著咖啡杯，用著冷靜且凌厲的眼神看著所有人。

而大家看著右手拿著空咖啡杯的望月，左手緩緩地從上衣口袋抽出一張紙。

「那是什麼？」其中一個長官問。

「總統下的命令，以後 Expert Tracing Detail for KH，也就是 ETDK，一切人事調動、武器申請、攻堅行動等，只要有關係到 ETDK 的事，一切不許外界插手，只能由我、國防部長、警政署長，還有總統直接命令。」

「所以說……」刑事局長用著不可置信的眼神看著桌上的總統命令。

「所以說，以後 ETDK 你們沒辦法管，也管不著，懂了吧。」望月說完之後轉身離開，留下一大堆坐在會議桌上發愣的長官們。

走回辦公室的望月，用力地把門甩上，這時候他右手的咖啡杯也在瞬間爆裂成碎片，手中的鮮血和杯子碎片一同落在地毯上，把地毯一角渲染成詭異的鮮紅色。

他的腦海裡浮現那天躲在空調管線裡的 KH，記得那時跟他短暫對上眼神時那種熟悉感，然後他像是想起什麼似的笑了一下。

「Killer Hunter，我想我很快就可以逮到你了……」

而這時在書房裡擦槍的 KH 突然打了一下噴嚏，他揉揉鼻子，然後看了看四周。

「灰塵太多了吧……」KH 把剛剛因為打噴嚏而掉到地上的香菸撿了起來，繼續擦著他的槍。

## 4

花蓮某一家位在山上、不起眼的劍道場，卻因為今天來賓身分的不凡，而使得它也跟著不一樣了起來。

歐陽永騏，這個不管在殺手界或是劍道界都享譽盛名的高手，揹著他自己所鍛造的「殺神」，靜靜地坐在劍道場的大廳，等待戰鬥的來臨。

KH的奧迪Ａ３緩緩地開向劍道場，在門口停下來之後，卻感到絲毫的不對勁。

「太安靜了，如果他今天要執行暗殺行動的話，為什麼這裡沒有其他的人在？」下了車的KH仔細地把劍道場四周看過一遍，確定這裡真的不像有人了之後，他感到更疑惑了。

「媽的……要是那臭老頭敢耍我，我回去就把他的小頭切下來餵狗吃。」

他緩緩地走向門邊，轉了轉門上的喇叭鎖，發現門沒鎖後，他便推門進去。

門後是一道長長的迴廊，不論是牆壁還是地板，甚至天花板都是用高級的檜木製成，讓 KH 讚嘆不已。

「這麼有錢還蓋什麼劍道場？把這些錢省下來花不是很開心嗎？」KH 一邊嘟囔著，一邊把每間房間都打開來查看，連廁所、廚房都沒有放過，最後他來到一扇大門前。

「門後該不會有幾百人在等著要殺我吧？」回想之前遇到的種種事例，KH 覺得自己有這種想法也不是不可能，只是他覺得如果是這樣的話，那些人不是吃飽了太撐，就是想快點先去投胎。

「應該是想快點去投胎……」KH 推開了門，門後是一個大概有兩個籃球場大，地上鋪滿榻榻米的大型劍道場。

這時候 KH 才感受到一股強烈的殺氣，他把手放進口袋，握住口袋裡的沙漠之鷹，然後冷冷地看著大廳裡唯一的一個人。

一個腰間綁著兩把武士刀，帶著濃濃殺意的黑色劍道服男子。

黑衣男子背對著 KH，然而在 KH 緩緩靠近他之後，他才站起身來。

「你就是 KH 吧。」黑衣男子依舊是背對著 KH，但他兩手已經分別握住他的兩把武士刀，直到 KH 走近他已經不到十公尺的距離之後，他才轉過身來。

KH 看著眼前的這個黑衣男子，跟 Ruse 拿給他的照片一模一樣，只是真實的人看起來更富有殺氣，連聲音都具有強大的穿透力。

「看來……我又被 Ruse 擺了一道……」KH 站直身子，看著眼前的男子說。

「事實上，被擺了一道的是 Ruse，不是你。」

「怎麼說？」

「我對 Ruse 說，我要在這裡暗殺某位政府高官，因為他原本的行程就是來這裡學習劍道。」黑衣男子放開握著刀柄的手，盤腿坐在地上。

「但是，今早我已經在他出門的時候，在車內殺掉他了。」

「所以你是刻意來等我的？」

黑衣男子不置可否地笑了一笑，然後站起身，走向大廳的窗前，看著窗外的天空。

「我是歐陽永騏。一個以劍術出名的殺手。」

「啊？」KH 不懂他說這句話的意思，是要自我介紹嗎？

「KH，你有沒有想過，有一天你不再舞刀弄槍，不再殺人，不再沾到別人身上濺出來的鮮血，而只是過著普通人的生活，無憂無慮地過著每一天的時候呢？」

「沒想過，至少在為家人報仇之前不會想。」KH 心裡想著。

「可是我累了，我想退休了。」歐陽永騏轉過來看著 KH。「至少在我真正離開殺手的行列之前，我想來一次真正的戰鬥。」

「所以你找上我？」

「沒錯。」

「可惜我只喜歡用槍殺人。」

「但這次你沒得選擇！」戰鬥一觸即發，在KH還沒回過神來的時候，歐陽永騏已經用迅雷不及掩耳的速度抽出他的愛刀『殺神』，朝KH衝過來。

慌張之下，KH來不及抽出口袋裡的沙漠之鷹，面對歐陽永騏的刀砍攻擊，他只能一直閃，拚命躲，直到他被歐陽永騏逼到了牆角。

「我真是失望，沒想到連你都不能讓我的願望成真……」歐陽永騏露出很惋惜的神情，然後將刀子舉高，向著站在牆角的KH揮了過去。

「鏘！」一陣金鐵互擊之聲，響遍了整個大廳，在歐陽永騏的「殺神」快砍到KH的脖子之前，被KH從口袋裡抽出來的小刀硬生生地擋住，但歐陽揮刀的力量太大，KH的脖子還是被自己的小刀劃出了一道傷痕，鮮血汩汩地流了出來。

「差一點就砍掉你的頭了。」

「差一點就被你砍了頭了。」他們兩個同時說出這兩句話。

KH 和歐陽同時微笑了一下，然後 KH 將雙手撐在地上，用彈的方式把歐陽踢出一段距離，好讓自己離開歐陽的攻擊範圍。

而歐陽永騏也不是省油的燈，在 KH 將雙腳彈出的同時，他也算好角度揮出一刀，只是 KH 早在踢腿之前就把剛剛拿來擋刀的懷中小刀射出，讓歐陽的揮刀軌道偏了一點，才不至於讓自己的雙腳被砍了下來。

只見歐陽退了幾步，而 KH 一個後空翻起身，懷中的沙漠之鷹早已上膛，瞄準了歐陽永騏。

「子彈比較快。」說完，他扣下扳機。

一道極為刺耳的金屬切割聲傳出，KH 簡直不敢相信自己的眼睛，因為就在剛剛從自己手槍中射出的子彈，竟然不偏不倚地被歐陽永騏用手中的武士刀砍中，變成兩個碎片飛向窗戶。

「匡啷！」玻璃碎了，碎片四散，歐陽依舊用著充滿殺氣的眼神看著 KH，而 KH 則是冷汗直流。

太離譜了！簡直不像人類……是妖怪吧？

「武士刀是世界上最鋒利的兵器，可以斬斷一切。」歐陽永騏將刀尖指向 KH。「包括你。」

KH看了看手中的沙漠之鷹，然後放到口袋裡。

「把另一把刀給我吧！」KH說。

歐陽永騏將腰間所綁的另一把刀丟向KH，KH接了起來，把刀抽出，丟掉刀鞘，然後擺出戰鬥姿勢。

「你強嗎？」歐陽永騏問。

「超乎你所想像。」KH嘴角上揚。

不等歐陽永騏有下一步動作，這次換KH先發制人的展開攻勢，畢竟說起劍術，KH本身就不是外行人，加上待在日本將近一年，受到鬼塚和延地獄般的劍道特訓，KH甚至比職業的劍道家還要強。

兩人在偌大的劍道館以真劍較勁，賭的不是勝負，而是對方的性命。

「沒想到你竟然有兩把刷子！你師承何處？」歐陽永騏在閃過KH的一記橫斬之後問他。

「鬼塚和延。」KH將刀子舉高，快速地向下揮，歐陽向後退半步躲過致命一擊，然後用手中的刀擋住KH的攻勢。

KH沒有一秒的遲疑，在刀子被擋住之後，他以不可思議的速度將刀收向腰間反轉，放開了握刀的左手，單手將刀子反揮上斬。

「是『燕返』！」歐陽永騏不敢相信KH竟然使得出這一招，他踉蹌地退了一大步，但額頭已經被KH的一刀劃出一條垂直的血痕。

「你怎麼會這招？」歐陽永騏問著眼前這不可思議的青年。

「燕返」是傳說中的日本劍聖佐佐木小次郎的夢幻絕招，此招一出無人能出其右，只可惜佐佐木小次郎與宮本武藏在巖流島決戰之後就死了，他死了之後，「燕返」自然失傳，後人雖極力想要模仿這傳說中的絕招，卻都無法掌握到其中的精髓。

從拔刀到上斬，只要不到一秒的時間，讓那些自認為練成「燕返」的大師級劍道家都自嘆不如。

但眼前這個少年是真真正正的將傳說中的「燕返」使了出來，而且完全不是湊巧。

「到底是誰教你的？」歐陽永騏問。

「鬼塚和延，巖流的傳人，世界上唯一習得『燕返』精髓的劍術高手。」

「這下有趣了。」歐陽永騏笑了笑，把背上「殺神」的劍鞘取了下來，拿在左手上。

「我也曾經拜師於『二天一流』。」

「所以這是超越世代的巖流島對決囉？」KH將刀子擺在胸前。

「小心了！」兩人又開始戰鬥了起來，在知道 KH 曾經在學習過巖流劍招之後，歐陽永騏使出了宮本武藏所創，「二天一流」的雙刀流。

面對歐陽永騏的凌厲攻勢，KH 突然有點招架不住，節節敗退，而 KH 閃過歐陽劍招的地方，不管是地板還是牆壁，都被歐陽斬出一道深深的刀痕。

KH 抓不到機會出招，只好一直向後退步，直到 KH 發現他已經再度退到牆邊的時候，他靈機一動，反身跳上牆壁，來個三度空間跳躍。

本來要來個刺擊的歐陽永騏撲空，「殺神」硬生生地插進了檜木牆壁裡，他用力地把劍拔了出來，一轉身卻發現 KH 已經跳到他身後。

又是一次的下落斬擊，接著迅速地收勢，歐陽反射性地格擋，卻發現事情的不對勁。

「燕返！」後面就是館旁的牆壁，歐陽沒辦法像上次那樣退一大步的完全閃過攻擊，但他極佳的反射神經還是讓他躲過了致命處。

白光一閃，取代頭顱從中間被劈成兩半下場的，是額頭上尚未止血的傷口被砍得更深，爆出大量鮮血。

為了阻止KH的下一波攻勢，歐陽永騏快速地揮動手中的「殺神」，一面撕下袖子擋血。

而KH也被歐陽這突如其來的一刀斬傷，左手臂多了一道深約一公分的傷口。

「戰鬥快結束了……」撕下另一邊袖子，綁在頭上傷口的歐陽永騏，看著眼前正在止血的KH說。

5

時間彷彿是靜止了一樣，兩個同樣是劍術高手的殺手，此時一動也不動地看著對方。

KH、歐陽永騏，他們都在等待出招的時機。

風從剛剛破掉的窗戶吹了進來，在大廳裡迴盪的是一陣陣詭異的嗡嗡聲，像極了周遭的鬼魅聚集在這裡，觀看他們兩人的生死決鬥。

就在這時候，大廳裡的一塊匾額承受不起風的狂妄，硬生生地從牆上掉了下來，發出了一聲巨響。

而在匾額掉落到地面的同時，兩人的劍鋒正式再次的碰撞，發出一陣陣金鐵相擊的聲音。

對戰中，KH以靈活的身手閃躲歐陽四面八方的攻擊，一方面也在等待時機，準備再一次的使出「燕返」。

只是他的一舉一動，早就被歐陽永騏看在眼裡了。

「你說的鬼塚和延……他在哪裡？」歐陽向後跳了一大步，將兩人拉開十步以上的距離之後，他問KH。

是的，他看出KH能與他匹敵的招數只有「燕返」，但是真正懂得燕返的人是不可能抓不到機會使出來的，所以說KH只學到一點皮毛，而追求強者的自己怎麼能浪費時間在這小毛頭身上呢？

要打，就要找最強的打！

聽到歐陽這樣問他，KH只是笑了笑，說：「他死了。」

「什麼？」歐陽瞪大了眼睛，沒想到真正巖流的傳人死了，而「燕返」居然交給這半生不熟的小毛頭？他怎麼都想不透。

「不過，你也不用太失望，剛剛的我並沒有使出全力。」KH將身形拉開，做出一個毫無防禦可言的姿勢，在外行人看來，這動作無疑是叫對手殺了他，但歐陽已看出隱含在這姿勢背後真正強大的一招。

連眼皮都來不及眨，歐陽被迅雷不及掩耳的上劈劍砍中，雖沒有直接砍到手，卻把「殺神」的刀鞘砍斷了一半。

接下來如歐陽所料的，是極具速度與破壞力的「燕返」，但這次歐陽早已做好準備，只見他快速地將「殺神」的刀尖用左手抓住，然後用弧口頂住刀背，在胸前把刀擺橫，硬是接住了「燕返」。

「鏘」的一聲，KH手上的刀應聲而斷，但斷掉的刀尖也硬生生地刺進了歐陽的左臂裡。

歐陽用力地把KH一腳踹開，然後看了看自己的左手。

「沒有刺進動脈……」他把「殺神」插在地上，右手用力地把刀尖從左臂拔了出來，血流了滿手都是。

「你差一點就死了呢！」從地上爬起來的KH說。

「我也該使出全力了。」歐陽永騏把「殺神」拔了起來，然後擺出了一個KH從來沒有看過的架勢。

「是『影劍』啊……終於可以見到了。」才剛說完，歐陽已經出現在他面前，迅速的二迴斬讓KH手中的刀再斷一截，變成了四分之一。

這才是歐陽永騏的真正實力，「影劍」即是快到讓人只看到劍的影子，頭就被莫名其妙地砍下來的招式，所以歐陽永騏的另一個稱號……

「獵頭人……」KH看著眼前殺氣正在無限擴張的歐陽，又看了看右手上可笑的斷劍，於是他毫不猶豫地掏出了懷中的沙漠之鷹，卻在正要扣扳機時，被歐陽的刀給打了出去。

接下來又是迅速的一記二迴斬，KH慌張地用手中的斷劍抵擋，卻一步步的被逼退，直到他被逼退到一片大落地窗前。

歐陽永騏正快步追來，KH用眼角餘光瞄了一眼外頭，笑了一下。

可怕的三迴斬、四迴斬，甚至用到五迴斬，歐陽永騏揮刀的速度之快，讓KH感到前所未有的威脅。

雖然KH擁有絕佳的動態視力，但還是看不清楚歐陽永騏揮刀的軌跡，好幾次都讓自己處於命懸一線的情況下。

不過這樣的情況並沒有持續太久，當兩人跑到落地窗外的陽台時，KH就不斷地誘導歐陽斬斷陽台支撐的地方，直到歐陽發現的時候，已經太遲了。

破碎不堪的陽台支撐不了兩個人的重量，「啪」的一聲掉了下去，底下雖不是深不見底的懸崖，但也算是個有點高度的小山坡，而從陽台上掉下去的兩人就像兩顆球一樣滾啊滾的，滾到小山坡的最底部。

入夜，KH 慢慢地轉醒，動了動自己身體的各個部位，發現自己很神奇的沒受什麼傷之後，他站起了身來。

看見幾公尺之外有一團火光，走近一看，歐陽永騏坐在一個火堆旁烤火。

「這裡離海很近，晚上會很冷，過來一起烤火吧。」歐陽說。

「你為什麼沒趁剛剛我沒醒時殺了我？」坐在歐陽對面烤火的 KH 問歐陽。

「我不趁人之危，要打就堂堂正正地打。」

「這不像殺手的作風。」KH 脫下他厚重的大衣，一件被刀子砍得破破爛爛的黑色防彈大衣。

放下了手中的木棒，歐陽看著天空，問：「你知道我為什麼要當殺手嗎？」

「不知道，每個人都有他當殺手的理由。」KH 說。

「我曾經是台灣劍道界的王者，敗在我手下的高手不計其數，甚至連劍道的發祥國日本，也有極多人敗在我的手上。」

「我聽說你曾經獲得跟現任日本劍聖『稻垣資五郎』一戰的資格，是你放棄的。」

「對，而且從那時候開始，我就成了一個殺手。」歐陽身後的「殺神」拿了出來，插在火堆裡，看著熊熊的火焰圍繞著刀。

「這把刀也是跟我的殺手身分一起誕生的，當然是由我打造。」

「我之所以成為殺手不是為了殺人，而是我在光明的劍道界已經找不到真正的『劍』了。」

「真正的……劍？」KH疑惑地問歐陽。

「在我心目中，真正的劍道應該是像古代一樣，以生命相搏，在竭盡自身全力之後，或輸或贏，全憑自己的劍術高低，而不是像現在的人們一樣，躲在護具裡，用可笑的竹刀攻擊那可笑的頭、手、腳三點，以得分高低來篤定一個人的實力。」

「這論點你說出來特別有力。」KH笑了一下。

「所以我自當殺手以來，我從不用槍，而我殺的也都是有劍術底子的人，我讓他們以生命與我決戰。」

「果然，在生命交關處，他們的實力暴增了好幾倍，證明我說得沒錯，世人果然都把劍道給限制住了，也把真正的劍限制住了。」

「所以你當殺手只為了追求劍道巔峰？」KH問。

「沒錯。」

「你真的是個不可思議的殺手。」KH笑了笑。

「彼此彼此。」歐陽把「殺神」從火中拔了出來。看著KH：「晚了，先休息一下吧，今天算我輸了，明天再戰一回。」

「OK！我樂意奉陪。」

## 6

天亮，太陽緩緩地從海平面升起，KH和歐陽永騏兩人靜靜地坐在沿岸上看日出，直到太陽已高掛在天空上，兩人還是沒有起身。

KH手裡握的還是那把斷劍，跟歐陽手中的「殺神」相比，根本一點勝算都沒有。

「是時候了。」歐陽站了起來，右手持刀，對KH擺出備戰姿勢。

KH轉過去看著歐陽永騏，不知怎麼的，他覺得現在的歐陽永騏雖然還擁有著他原本的殺氣，但已經失去昨天那股鬥氣，但那一閃而逝的感覺很微小，KH還是絲毫不敢大意，畢竟昨天的那場戰鬥他還記憶猶新。

兩人的眼神交會那瞬間，迸發出的殺意，彷彿昨天晚上的和平聊天只是一場幻覺。岩岸上全是大小不一的石塊，要是不小心踩空也會被尖石割傷，或是掉到海水侵蝕而成的天然岩穴裡被活埋，一點都大意不得。

KH和歐陽慢慢地前進，隨著海浪的沖刷聲，磅礴的氣勢也隨之而起。

「喝啊！」歐陽永騏跳了起來，單手將「殺神」舉高，對著KH來了一記上落斬。

KH使出渾身解數擋住這一刀，再接招之後又快速地回了一記橫斬，歐陽的衣服被割開了一條很長的裂縫，鮮血不斷地湧出。

「你……」KH不可思議地看著歐陽永騏，而歐陽只是笑了一笑，又展開下一個攻勢。

五迴斬的威力讓KH無法小覷，但力量和速度都跟昨天相差太大，KH輕易地閃開之後，格開歐陽的刀，將自己的斷刀架在歐陽脖子上。

歐陽永騏冒著鮮血的嘴角除了笑，沒有其他的表情，KH退了一步，向歐陽的上半身揮了數刀。

歐陽永騏的劍道服破了，而 KH 看到的是受了傷、用樹枝固定的左臂，受了好幾處傷，化膿潰爛的右手上臂和胸部，還有包了一大塊布的肚子。

這時候 KH 才真正知道昨天自己為什麼從那山坡滾下來沒有受傷了。

「你為什麼要這麼保護我？我是要來殺你的人啊！」KH 對著歐陽大聲咆哮，但歐陽卻像是沒聽到的樣子看著 KH。

「早在那時候，我就已經輸了。」歐陽說。

「什麼？」KH 不解。

「在你成功誘導我破壞陽台所有的支撐物的時候，在我掉下去的那一瞬間，我早就已經輸了，所以我抱住你，讓我身體承受所有傷害，說不定我可以因為輸給你而死。」

「如果你當時沒有救我，說不定死的人就是我，而我只是一個自以為聰明的笨蛋。」

「有時候，力量強也不代表一定贏，我從你身上看到這個道理，才發現我之前所追求的東西，都是錯誤的。」說完之後，歐陽突然露出痛苦的表情，KH 發現歐陽肚子包著布的地方，慢慢滲出血來。

「讓我看看！」KH 上前一步要看歐陽的傷勢，他知道如果不做處理，到時候病菌入侵一定會死。

只是當KH才靠近一步時，歐陽馬上用右手揮動手中的「殺神」，示意KH不准靠近，並慢慢地站直身體。

「昨天晚上不死，注定我今天要在決鬥中戰死！」話一說完歐陽又朝著KH衝過來，只是KH這次很輕鬆地架開歐陽所有的攻勢。

「夠了……」KH說。

隨著時間一長，歐陽身上的冷汗越冒越多，傷口不斷地裂開，流著殷紅的鮮血，讓殺人無數的KH也於心不忍了起來。

終於，在歐陽用盡全力使出他最後的二迴斬時，KH也把他手中的「殺神」打落，歐陽站在原地看著掉在地上的刀，沒有撿起來的意思，反而仰天大笑。

「哈哈哈！我輸了！我也終於想通了！」他把手放在KH的肩膀上。

「如果是你的話，一定可以改變『殺手』的命運。」歐陽把KH手中的斷刀架在自己的脖子上。「殺了我，把我的首級砍下來。」

「不……」KH搖頭。

「我砍了這麼多人的頭，該是輪到我的頭被砍下來了……」KH從歐陽的眼中，看到一種心情，那是一種覺悟。

「這樣才能贖我的罪……」

而不知道為什麼，這時候的KH已看不清楚眼前的歐陽永騏，反而從模糊的淚光中，透出另一個人的樣子。

「要是我死了，記得用火幫我火葬。」一次跟鬼塚躺在河堤的草坪上時，鬼塚這樣跟他說。

「為什麼？」

「因為我殺了這麼多人，一定是到地獄去啊！反正到了地獄還是要被地獄的業火燒得不成人形，倒不如燒我的屍體代替我的靈魂受刑，到時候我說不定還可以直接成佛勒！」然後鬼塚把菸蒂彈到坐在下面長椅上的情侶，兩人嚇得拔腿就跑。

模糊的淚光沒有讓KH失去應有的力氣，他用力地將斷刀揮斬，歐陽永騏的視線從KH的眼睛落到腳，然後歸於黑暗。

海浪繼續拍打著岩岸，白色的浪花沖不去KH的淚水，找了一個岩穴將歐陽永騏放了進去，再放上一塊石頭，然後他用力地將「殺神」插在石頭上，雙手合十。

「你是個受人尊敬的強者。」拾起地上的黑色大衣，KH走在海浪聲伴隨的花蓮岩岸，靜靜地走向歸途。

# 暴力美學，狂傲鬥者DEATH之章

## 1

義大利，西西里島——

在杳無人跡的郊外，一棟廢棄房屋的地下，有一群人正在開著重要會議，出席的每個人清一色著黑衣黑褲，連手上也戴著黑手套，有些人還穿著黑色的大風衣，個個殺氣極重。

「正如我剛剛所說的，即使是一個小小的人物，也已經對我們造成了極大的傷害。」一個高大，看起來像熊一般的壯碩黑人說。

「不只是我們派去台灣的人，半年前這個名為KH的人，潛入歐洲，短短一個月就用我們無法想像的速度殺了我們黑手黨旗下三分之一的殺手。」一個戴著墨鏡，看起來很精明的金髮男子，拿著手中的小刀，不斷刺著桌上的一張黑色卡片。

一張黑底白字，相當於 KH 的身分證明的卡片。

坐在房間長桌最尾端，一個穿著黑色風衣，全身上下散發著一種不知如何形容的氣息的男人，靜靜地聽著幹部們的報告。

簡單地來說，就是一種令人窒息的殺氣，而殺氣的主人正是令國際刑警頭痛到極點的黑手黨首領，艾伯特・傑斯。

「為了我們在世界上的生意以及麾下殺手的安全，我們必須除掉 KH。」傑斯看著大家，說：「還有他背後最大的靠山，Ruse。」

一聽到 Ruse 這個名號，大家一開始臉色明顯地變了一下，卻很快地又恢復了剛剛冷酷無情的表情。

剛剛拿著刀刺 KH 卡片的金髮男子把刀指著傑斯，說：「哦！你是說，傳說中的殺手之神，是嗎？」

「是的，詹姆士，請你把刀放下好嗎？」傑斯聽起來帶有敬詞的話語，卻是用著充滿殺氣的表情說出來的，一瞬間，看著傑斯的人全都感到不寒而慄，詹姆士也乖乖地把刀子放了下來。

「Ruse，這個令全世界都頭痛的人物，據說他手中擁有全世界所有的總統、政治家、警察、黑道、臥底、特務、殺手、間諜的資料，非常詳細，連誰用了化名他都知道得一清二楚。」傑斯攤開放在桌上的世界地圖，抽出隨身匕首，一射就不偏不倚地射在地圖上的台灣島。

「雖然不知道他的真實身分，但可以肯定的是，Ruse 目前藏身在這個小小的海島，台灣，還是我們目前最強敵人 Killer Hunter 的最大靠山。」

而另外一個坐在角落，從頭到尾沒有說過任何一句話的紅髮男子站了起來，看著傑斯說：「但我們無論如何，一定得除去他們，對吧？」紅髮男子點了一根雪茄，自顧自地抽了起來。

「薩斯，你說得沒有錯。」傑斯說。

「所以說，我們必須派出殺手囉？」詹姆士也點了根菸。

「可惜，在半年前 KH 來襲之後，我們組織裡就沒有像樣的殺手了。」

「就算 KH 沒來，那些軟弱到會被 KH 殺掉的殺手，也沒有足以殺掉殺手之神的本錢。」薩斯深深地吸了一口雪茄，吐出濃濃的白霧。

「或許我們可以雇外面名聲比較響亮的殺手。」詹姆士說。

「詹姆士，你有什麼好的人選嗎？」

「目前呼聲最高的殺手，King，他——」

「不可能。」薩斯打斷詹姆士的話。

「為什麼？」詹姆士對薩斯說的話感到不解。

「詹姆士，薩斯說得沒錯，雖然King目前也在台灣，而他也是享譽地下世界的殺手，但他所有的行動卻受制於Ruse。」傑斯倒了一杯酒。「簡單地說，他是Ruse的手下，不可能對他動手。」

「我知道有一個很好的人選。」剛剛一直沉默不語，像是熊一樣高大的男子說話了。

「請說，包爾。」傑斯說。

「Death。」包爾看著傑斯。

「他不錯，而且他是個自由殺手。」薩斯把雪茄捻熄在牆壁上。

「你們對他有信心嗎？」

「我看過一次他出任務，他是個破壞力十足的殺手，但是我有個想法。」薩斯坐了下來，又點了一根雪茄。

「嗯？你說。」傑斯喝了一口酒。

「先讓他殺掉KH，我們再想下一步，畢竟Ruse的底細我們還沒查出來，胡亂動手只會讓Ruse更想除掉我們黑手黨。」

「除掉我們黑手黨？他有那麼大的本事嗎？」詹姆士聽到薩斯對 Ruse 的推論感到很不悅。

「我同意這個想法，畢竟我們真的對 Ruse 這個人物不了解，而 KH 卻是個已經浮上檯面的傢伙，先殺他會容易得多。」傑斯說。

「我也同意。」包爾說。

「我同意。」大家異口同聲地說。

「那你呢？詹姆士。」傑斯看著他。

「你們都同意了，我不同意也不行，不是嗎？」詹姆士笑了一下，但他的心中卻是反對大於同意，只是他對大家的意見沒辦法有任何的微詞，尤其是傑斯也同意了這個想法。

「既然大家都沒意見了，那包爾你就負責聯絡 Death 吧！」

「是的。」

「好吧，今天就到這裡為止了，散會。」傑斯起身走向大門，留下幹部們在房間裡。

正當詹姆士也要起身離去時，他看到一把槍抵在他的額頭上，而持槍的人是薩斯。

「我們組織裡不需要不安定因子。」接著槍聲一響，不管詹姆士在當下的表情有多麼驚恐，現在也變成了一具冰冷的屍體。

「Boss，裡面有槍聲，要進去看看嗎？」屋外的車子要開之前，聽到屋裡槍聲的司機問傑斯。

「不必，我知道發生了什麼事，開車吧。」傑斯說。

「是。」

停在屋簷上成群的烏鴉飛走了，只留下空蕩蕩的屋子、詹姆士冰冷的屍體，還有十幾輛跑車駛過而揚起的塵土……

## 2

入秋後的天氣漸漸轉涼，心情頗好的KH，不，是劉凱浩，選了一個悠閒的下午和徐子廷到西門町的星巴克喝咖啡。

「看來你的工作很危險。」子廷指著凱浩臉上的傷。

「還好啦！就只是爬爬樓梯、爬爬山，只是有時候會不小心從山坡上跌下來而已。」凱浩摸摸自己臉上的傷，笑了笑。

「我都還不知道你是做什麼的呢！」子廷問。

「算是清清垃圾吧！畢竟現在最嚴重的就是垃圾問題了，沒人要做，我只好做了。」凱浩喝了一口咖啡。

「那你算滿有貢獻的囉！」

「不敢當，哈哈哈！」凱浩乾笑著。

後來子廷和凱浩就在星巴克裡無邊無際地聊著有關於垃圾的問題，子廷聊得很起勁，凱浩卻有點乏力。

另一方面，酒吧 SICKLE 裡，Ruse 正好整以暇地看著電視、擦著酒杯，對於超過一個星期沒有來的 KH 他沒有發表任何意見。他可能是死了、可能是想休息一陣子，他不知道，不過他有預感有人要來找他。

過一會兒，門被打了開來，進來的是今天第一位客人，穿著黑色長皮衣、皮褲、戴墨鏡。一身重金屬裝扮的男人，靜靜地走到吧檯邊。

「喝點什麼？」Ruse 問。

「好久不見了，Ruse。」男子坐了下來。

「好久了，應該有五年了吧。」Ruse 倒了一杯酒，遞給男子。

「我是來向你買資料的。」

「我記得那件事之後，你就不再收單了，為什麼……」

「是啊！在她死之前我答應她，五年之內不再動手殺害任何人，現在時間已經到了。」男子喝了一口酒。

「你對她的愛只能讓你停殺五年？Death，我以為你會更愛她的。」Ruse 看著 Death。

「原本是就此放手的，但我這次的目標，卻讓我不得不把這次的任務當成是最後一次。」

「是誰這麼該殺？」Ruse 倒了一杯酒給自己。

「Killer Hunter。」

Ruse 明顯地動搖了一下，酒杯裡的酒灑出了一小滴。

「是誰叫你下的手？」Ruse 問。

「不能說，Ruse，你比誰都更清楚我們這一行的行規。」Death 一口氣飲盡了杯中物，放下酒杯。

Ruse 輕輕嘆了一口氣，說：「他們給你的酬勞呢？」

Death 隨手拿了桌上的筆，在桌上寫了一串數字，Ruse 看了一看，不可置信。

「價碼這麼高？」Ruse 一驚。

「是很高，但是我知道這是雇我的價碼，KH，不只值這麼多錢，對吧？」

「你說得沒錯。」

Death 點了一根菸，看著 Ruse：「現在，你可以告訴我你要賣我多少價錢了吧？還是你要護著他呢？」

Ruse 從吧檯下拿出了一個牛皮紙袋，遞給 Death，說：「我不會保護他的，如果他真的輸了，只能怪他技不如人。」

「賣我多少？」

「你可以獲得的酬勞的一半。」

Death 不可置信地看著 Ruse，沒想到 Ruse 會這樣獅子大開口，不過現在放在自己眼前，這個 KH 的資料可是所有殺手夢寐以求的。

「很鉅額的價錢，不過很值得。」Death 想了想，最後還是收起了牛皮紙袋。

「你要怎麼跟他交手？」Ruse 問。

「我會讓他嘗到我的暴力美學。」Death 對 Ruse 笑了笑，接著轉身離開了 SICKLE 酒吧。

夜晚，KH 一如往常地來到了 SICKLE，依舊坐在他的老位置上，抽著他的菸。

「今天有什麼有趣的事嗎？」KH 問。

「不知道有人向我買你的資料要殺你算不算有趣？」Ruse 倒了一杯伏特加，遞給 KH。

KH 瞪大了眼睛看著 Ruse，說：「是誰？」

「你想跟我買情報嗎？」Ruse 對 KH 笑了一下，KH 突然全身雞皮疙瘩都冒了出來。

「你這個奸商……說吧！要多少？」

「價錢。」Ruse 左手比個九，右手比個零，讓 KH 看傻了眼。

「這麼多？那傢伙值這個價錢嗎？」

「不值。」Ruse 喝了一口酒。「那是你的價錢。」

聽到這裡不知道是該高興還是該生氣好了，KH 無奈地看著 Ruse，然後從口袋裡拿出菸，點了起來。

「為什麼要用我的價錢去買他的資料？」

「因為他要殺的人是你，而且他很有能力。」

「比 King 還強？」KH 問。

「……」Ruse 沒有回答 KH 的話，只是從吧檯底下拿出一個牛皮紙袋。「買不買？」

「這麼貴，我甘願被殺死。」KH吸了一口菸，濃濃的白霧吐出。

「其實我還有個便宜的……」Ruse說。

「多少？」

「十萬。」Ruse邊說，邊把牛皮紙袋收了進去。

「我買了。」KH從大衣口袋裡拿出一本支票簿，在上面寫上金額，簽了名，遞給了Ruse。

Ruse接過支票之後，輕咳了幾聲，然後倒了一杯酒。

「殺手Death，八年前出道，有一年的時間乏人問津，在七年前一次出手殺了自己的頂頭上司，投靠到我這之後，才聲名大噪。」

「你想說自己很有商業頭腦嗎？」KH不屑地說。

「不，我想說的是，因為他殺了他的上司才聲名大噪。」Ruse把一杯酒遞給KH。

「畢竟他的上司可是殺手界呼風喚雨的一大梟雄呢！」

「誰啊？」

「你管這麼多幹嘛？」

「請說重點，我的十萬塊可不是花好玩的。」KH不耐煩地喝了一口酒。

「OK，年輕人這麼急躁，小心高血壓。」

「……」KH氣得牙癢癢的。

「我給了他你所有的資料，包括你平常在哪出現、幾點出現、你的親朋好友之類的，我全都給了他，所以他有可能隨時隨地都會出現，然後殺了你。」

「你是跟蹤狂嗎？我都不知道你有調查我這些事情。」

「反正資料都不是我收集的。」Ruse向後躺在椅背上。「我只是負責收。」

「明星的有沒有？」KH問。

「各國都有。」

「改天賣給我幾個明星的資料吧！」

「你要幹什麼？」

「高價賣給狗仔隊。」KH把香菸捻熄，收起他放在桌子上的大衣。「他們一定會很有興趣的。」

「對了，下次不准再賣出我的資料，不然我就斃了你。」KH回頭說。

「放心吧！我如果賣了我一定會通知你有人要殺你的。」Ruse喝著酒，看著KH走向門口。

「那你的酒吧就等著被我拆了吧。」開了門，KH轉身消失在樓梯口。

# 3

公園裡的樹葉紛紛轉紅，KH 踏著輕鬆的步伐，漫步在滿地紅葉鋪陳的走道上。

其實 KH 平常是不會走過來這裡的，只是 Ruse 賣給了 Death 自己的資料，如果自己還走在平常會走的路上，必須神經緊繃著，還要注意著自己身旁的所有人。

「太累了，像個神經病……」向後躺在公園的長椅上，KH 嘆了一口氣。

獨自在公園抽了幾根菸之後，KH 慢慢走回人潮洶湧的街道上，他知道從他踏入街道的這一刻起，已經成為獵物，而獵人正在黑暗的角落虎視眈眈地盯著自己，而自己正一步步掉入獵人所設下的陷阱之中。

「殺手獵人反被獵殺，真是諷刺啊！」藏身在公寓屋頂上的 Death 看著走在街道上的 KH 說。

從 Ruse 那買到資料後已經過了兩天，但 Death 除了像這樣躲著監視著 KH 之外，並沒有多做行動，這點讓 Ruse 覺得很奇怪，KH 也覺得很詭異。

其實，Death 不是不動手，也不是對 Ruse 的資料沒有信心，只是他在等一個開戰的契機。

一個引爆點。

Death 還是盯著 KH，只是連續兩天下來，他顯得有點不耐煩，除了在等引爆點之外，他發現 KH 跟他所想像的不太一樣，在殺手界中惡名昭彰的殺手獵人，每天竟只過著平凡的生活，雖沒有固定工作，不過卻像一般人一樣整天待在家裡看電視，住著破公寓，三餐也吃得很隨便，幾乎有什麼就吃什麼。

那他賺來的錢呢？都花到哪去了？難道他不是為了錢才去獵殺殺手的嗎？Death 反覆問著自己，焦躁的心情已經藏匿不住，呼吸也很紊亂。

這時候他看到 KH 身子不安地顫了一下，然後開始回頭、左看右望，好像發現了什麼。

「好傢伙，一定要等到我氣息亂了你才發覺到我的殺氣，你殺手獵人幹假的啊？」Death 右手伸到後腰的腰包裡，拿出了一個手榴彈。

「遊戲開始了。」他說，然後拉開手榴彈的保險栓，丟到街道上。

KH 只看到有東西從天空掉下來，然後他身後的店家突然「砰」的一聲爆炸，火舌很快地蔓延開來，旁邊的房子也燒了起來。

街道上的所有人嚇了一大跳，然後開始四處逃竄，只有 KH 冷靜地站著，他的右手緊緊握著大衣口袋裡的沙漠之鷹，雙眼直視著一棟公寓上，身著野戰部隊衣服的男子。

男子笑了笑，從身後的大背包裡搬出了火箭筒，瞄準 KH 就是一轟。

KH 不慌不忙地拿出沙漠之鷹，上膛，瞄準火箭彈，然後扣下扳機。

又是驚天動地的一聲巨響，伴隨著火箭彈的炸裂，火星落在街道各處，原本的火焰更肆無忌憚地蔓延，整個商店街幾乎陷入火海。

Death 利用公寓外各樓層間的帆布遮雨棚輕鬆跳下，還不忘多丟幾顆手榴彈。

幾顆手榴彈紛紛炸開之後，商店街的人影也幾乎走光，這時候 KH 才發現，這男子剛剛所做的一切都不是為了要傷害自己，只是故意在破壞街道。

「你就是 Death？」KH 在 Death 落地的時候，舉起手中的沙漠之鷹，對著他。

「沒錯。」Death 從背後的大背包裡拿出一把霰彈槍，槍口對著 KH。

「我得感謝你為我們佈置決戰場地啊！不過警察馬上就會到了，警察局很近，來到這裡不用五分鐘，你有把握在五分鐘之內解決我嗎？」KH 自信地笑了一下。

「一分鐘就夠了！」Death 扣下扳機，早就料到有此一著的 KH 快速地閃開，但充滿火焰的街道讓他行動範圍有限，背上中了一槍。

「好痛……還好有防彈衣。」滾了幾圈，試著突破重圍的 KH 跳了起來，始終放在口袋中的左手拿出幾把隨身小刀，對著拿著霰彈槍狂轟的 Death 射過去。

Death 一時閃避不及，只好伸出左手，硬是接下了所有小刀，頓時 Death 的左手佈滿鮮血，景象恐怖。

但是 KH 沒有放過這機會，他大步一跨，來到 Death 面前，手中的沙漠之鷹指著 Death 的心臟，但 Death 的槍口也頂在他的眉心。

「現在是要比誰快嗎？」KH 說。

「就算我比你慢，我還是有時間開槍殺了你，因為你瞄準的是我的心臟。」Death 左手指著自己左胸。「但是只要我開一槍，你連同歸於盡的力量都沒有了。」

「看來，現在是我比較吃虧囉。」KH 笑了一下。

熊熊烈火中，兩人似乎是停了下來，任火焰在他們四周飛舞，突然間，兩聲槍響傳出，接著消防車、警察車都趕到了，幾個消防員衝入火場一看，只見一名穿著黑色大衣的男子，慢慢地把握在手中的槍放進口袋，走入防火巷中。

而終於清開一條通道，警察根據消防員所說的話，進了防火巷及周邊住戶搜索，卻已找不到任何蹤跡。

隔天報章雜誌、電視新聞炒得沸沸揚揚，說是商店街發生恐怖攻擊，但警方不願對此案件做出任何回應，任由媒體妄加猜測。

郊區的一間老舊房子裡，Death 關掉電視新聞，然後輕碰自己左手腋窩下的傷口。

「我可能太小看你了，Killer Hunter……」

# 野豔薔薇，殺手血腥瑪麗之章

## 1

刑事局裡一間幽暗的房間，只有一盞檯燈亮著，望月昌介盯著筆記型電腦裡的畫面，同時還翻著滿桌的資料。

好幾個空的咖啡杯，積到菸蒂滿出來的菸灰缸，加上臉上深深的黑眼圈，都可以看出他對案子的認真度，還有他承受著超過一般人的巨大壓力。

電腦裡的資料是四年多前在台灣及亞洲地區極為活躍的殺手資料，這些是望月利用自己在日本警方的權限，特地從國際刑警組織 ICPO 調過來的珍貴資料，到現在為止，望月已經關在房間裡看了兩天兩夜了，卻才看了不到一半。

「好累……」望月手伸向桌上的菸盒，發現菸已經被他自己抽光了。

稍微伸伸懶腰，望月把房裡的大燈打開，順手拿了一只大垃圾袋把所有垃圾掃到袋子裡，卻不小心撥到了放在桌上的資料，資料掉了一地望月無奈地把資料撿一撿，正因為要重新分類有看過和沒看過的資料而感到無力的時候，眼睛不經意地飄到其中一張照片上。

「這是？」望月把拿在手中的資料向後一丟，拿起那張照片。

望月不可置信地看著照片，接著露出一種得意的笑容，然後他回到電腦前，輸入一串編號，螢幕上即刻顯現出其中一個殺手的資料。

「Killer Hunter，I got you.」他用手指彈了一下照片。

連續在家裡躺了快一個禮拜，上次跟歐陽永騏戰鬥的傷還沒有完全癒合，又加上一個 Death，這次 KH 深深了解自己受的傷有多麼嚴重，也了解到自己的最大極限。

「我看我要放長假了我。」坐在椅子上看著電視，手中把玩著小刀的 KH，臉上煩悶的表情跟電視上的搞笑節目形成強烈的對比。

不知道是不是所謂的秋老虎，KH 就算把家裡的冷氣開到最強，也抵擋不了那天氣的悶熱。

或許應該說，是心中的煩悶才對。

回想起上次跟 Death 在街頭的那一場戰鬥，自己竟快到可以毫髮無傷的躲過 Death

的霰彈槍，除了不可思議外，似乎也感覺到了 Death 是有意把槍口移開的。

但是為什麼呢？這問題連 KH 自己也想不透。

KH 拿起遙控器亂轉台，原本百無聊賴的表情卻在他轉到某個新聞台之後開始起了變化。

新聞裡播的是殺手被殺的新聞，但這次有別於一般的模式是現場沒有留下任何一張黑色的卡片，只有一杯像血一樣豔紅的調酒『血腥瑪麗』。

「這是……」KH 瞪大了眼睛。

在 KH 幾乎銷聲匿跡的一個月，還是有殺手不斷慘死街頭，KH 本人當然沒有動過手，但是目前嚴重掛彩的自己卻也無法有任何作為，於是他忍了一個月，直到他所受的傷完全痊癒。

某夜，酒吧 SICKLE 裡傳來了開門的鈴鐺聲，許久不見的黑色身影又進到酒吧裡來，KH 依舊坐在吧檯的位置上，點起了菸。

「好久不見。」Ruse 說。

「是啊！原本我以為可以放更久的假的。」KH 從懷中掏出一張報紙，斗大的標題寫著：「KH 失蹤，新殺手獵人『血腥瑪麗』，開始在台各地犯案。」

「你要她的資料嗎？」Ruse 遞了一杯酒給 KH，KH 瞄了一眼，正是那鮮紅色的調酒血腥瑪麗。

「你在說廢話嗎？」KH 吐了一口白煙，對桌上的紅色調酒不屑一顧。

而 Ruse 像是算準 KH 會向他拿有關於血腥瑪麗的資料一樣，從容地從吧檯下拿出一個牛皮紙袋。

KH 接過牛皮紙袋，抽出裡面的照片，看了一眼。

Ruse 依舊從容地笑著，KH 的表情卻變得很不對勁，表面上看起來還是很冷酷，但他的心卻已明顯地紊亂。

「你確定血腥瑪麗是她？」KH 把視線從照片上移開，看著 Ruse。

「我確定。」

「她的真名是不是叫做……」

「這你可以自己去問問她，不是嗎？」

然後 KH 像是想到了什麼一樣笑了一笑，然後把照片收進牛皮紙袋裡。

「價碼。」KH 說。

Ruse 左手比了零，右手比出八。

「看來她也不錯。」

「我相信是的。」

捻熄了菸，KH抓了牛皮紙袋就離開了酒吧，桌上的血腥瑪麗還是沒被動過任何一口。

Ruse把那杯血腥瑪麗拿了起來，放到嘴邊一飲而盡。

「我覺得還滿好喝的啊……」Ruse抿了抿嘴唇。

兩天後的早上十點鐘，台灣前總統李登火到雲林做關心農民的活動，表面上一片和樂融融的樣子，卻有人在暗地裡計畫著要讓李前總統身首異處。

一名穿著黑皮衣殺手混入人群中，手握著改裝的模型槍，一步一步地靠近李前總統，打算在眾目睽睽之下動手。

「好掩護，這樣就算開槍了一時也抓不到是誰幹的。」穿著一襲紅色緊身衣的美豔女子躲在高處，左手上拿著一杯不合時宜的高腳杯，裡頭還裝著像血一般的液體。

女子右手緊握著狙擊槍的搶柄，鏡頭裡是那名殺手的眉心，她已經蓄勢待發，準備在那名殺手下手時也跟著開槍。

李前總統笑得很燦爛；黑皮衣殺手全神貫注，眼神只盯著眼前的目標；紅衣女子笑得很嬌媚，但是略帶一點殺氣。

只是他們都不知道，在他們身後還有一個更從容的人，正用著他的M24瞄準著黑皮衣殺手。

等到黑皮衣殺手靠得夠近了，女子將右眼移到狙擊鏡上，正當她要扣下扳機的時候，手上的槍被後方極速飛來的一顆子彈打中，衝力強到連手中的槍也飛了出去。

然後是朝人群裡對地的幾槍，嚇得人群紛紛走散，而底下的這一切，紅衣女子也看得一清二楚。

正當黑皮衣殺手被這突如其來的幾槍弄得手足無措的時候，他的腦海裡閃過一個念頭。

血腥瑪麗。

黑皮衣殺手趁亂逃跑，但紅衣女子沒有放過這機會，雖然她不知道是誰開槍打亂她的計畫，但是她還是撿起了長槍，將黑皮衣殺手的眉心鎖定在她的狙擊鏡裡。

「學不乖啊？」KH又扣了幾下扳機，打碎了紅衣女子的狙擊鏡、彈匣，還有槍口。

紅衣女子氣得把槍丟在地上，望向子彈射來的方向看去。

她看見一個穿著黑色大衣的男人站在比自己高一個樓層的水塔上，用M24狙擊槍瞄準著自己。

KH笑了一笑，向後跳了下去，用事先綁在水塔上的繩索從容離開。

「別走！」女子追了上去，只是她趕到水塔邊的時候，KH早就已經逃之夭夭了。

「可惡……」她把放在頂樓圍牆上的血腥瑪麗用力地摔破在地上。

## 2

雖然經過早上難忘的驚魂事件，李前總統依舊按照行程到台中的飯店與人應酬，而那名黑皮衣殺手也悄悄地潛進這家飯店，為他的暗殺行動做好準備。

「那傢伙叫做『炸藥』啊……知道名號就大概可以知道他作案的手法了，真是個淺顯易懂的人，連名號都一樣簡單。」KH坐在飯店對面的便利商店外看著黑皮衣殺手的資料，不時還要留意有沒有人會看到他的資料。

大概坐了一個小時，一輛跑車開到飯店門口，下車的是一位穿著紅色晚禮服的美麗女人。

KH笑了一下，把資料收進牛皮紙袋裡。

廚房裡大家忙著上菜，一個服務生卻鬼鬼祟祟地躲進廁所裡，還拿出一個大包包。

「炸死你們，把這裡所有人炸光，我也算完成任務了。」服務生竊笑，卻發現一把手槍的槍口正頂著他的額頭。

「啊！」服務生向後退了好幾步，而槍的主人正一步步地逼近他。

「不好意思，你什麼也做不成，因為你要死在這裡了。」穿著紅色晚禮服的女人把嘴湊到左手的高腳杯上，喝了一口那紅色的酒，然後把槍上膛。只是她正要扣下扳機時，槍突然被身後的人一腳踢飛。

女子一個閃神，殺手炸藥抽出懷裡的小刀刺向她，KH 一個箭步上前，硬是用右手擋下這一刀。

KH 向後退了幾步，炸藥趁隙跑出廁所，向大廳跑去。

「別想跑！」KH 追了上去。

等到兩人跑出廁所之後，女子才回神過來，撕開穿在身上的晚禮服，裡頭是一襲紅色皮衣，上面還掛了幾把手槍。

「我會讓你們知道，小看我血腥瑪麗的下場。」血腥瑪麗咬牙。

KH 追到大廳，看見因為飯店裡沒有任何一個人而感到疑惑的殺手炸藥。

「你做了什麼？」炸藥問 KH。

「沒什麼，只是在廚房放了點火，然後疏散所有人離開而已。」

「你……你究竟是什麼人？」

「KH。」

炸藥聽見 KH 報上自己的名號之後，先是一愣，然後從懷中掏出一個像是遙控器的東西，按下上面的紅色按鈕，頓時整個飯店大廳有好幾處爆炸，到處都是揚起的灰塵和熊熊烈火，而炸藥也趁灰塵遮蔽了 KH 視線的同時，朝樓梯跑了過去。

濃煙和灰塵嗆得 KH 睜不開眼，這時剛從廁所出來的血腥瑪麗，看到炸藥衝上樓去，也跟著追了上去。

炸藥逃到三樓大廳的落地窗前，正在玻璃上安裝炸彈要把落地窗炸開時，血腥瑪麗冷不防地從他背後開了一槍，子彈從他的右胸穿過，也擊碎了那片大落地窗。

炸藥滿口鮮血的躺在地上，這時 KH 剛好趕到，喝止住了正想要追加第二槍的血腥瑪麗。

「住手！」

血腥瑪麗迅速地轉身向後，朝剛進門的 KH 開了幾槍，KH 用他的大衣擋住了所有攻擊，慢慢地靠近血腥瑪麗。

「你究竟是誰？」她問。

「我是KH。」KH掏出懷中的沙漠之鷹手槍，槍口對準著血腥瑪麗的心臟部位，然後一步一步地走向炸藥。

「把引爆器交出來。」KH說。

「呵呵呵……只要我按下這按鈕，你們全都會死在我的手上，尤其是你，你是所有殺手的天敵KH，就算跟你同歸於盡，我也可以聲名大噪！」炸藥笑開了嘴。

「你瘋了！只要你把引爆器交給我，我不會傷害你。」KH伸出左手要炸藥把引爆器交出來，卻又被血腥瑪麗開了幾槍。

KH痛得微彎了身體，這時炸藥露出詭異的笑容。

「來不及了……」看著一地的鮮血，炸藥按下了引爆器，所有被安裝在飯店的炸彈一次被引爆，衝擊力之大，連二樓的地板都垮了下來。

「哈哈哈……」炸藥隨著他自己的瘋狂笑聲，葬身在火海裡，而血腥瑪麗一腳踩空，正要失足掉到樓下的火海裡時，KH伸出手，一把抓住了她。

「你……」血腥瑪麗驚訝地看著KH。

飯店陷入一片熊熊火海，就算消防車來也是無濟於事，圍觀的人潮看著這家飯店被燒得體無完膚。

而離飯店不遠的公園裡，有一男一女坐在長椅上，他們全身都是傷，樣子很狼狽。

「你為什麼要救我？」血腥瑪麗問 KH。

KH 沒有說話，只是從大衣裡拿出一包香菸，點了火，抽了幾口。

「有兩個原因。」KH 說。

「什麼原因？」

「第一，因為我不覺得妳只值 Ruse 那老頭所評價這麼一點點價錢，所以等妳更有所作為、價錢升值之後，我再來殺妳。」

「那第二呢？」血腥瑪麗也點起了一根菸。

「是因為我有問題要問妳。」

「什麼問題？」

「妳，是不是叫做鬼塚紅蓮？」

一聽到這個名字，血腥瑪麗身體明顯地震了一下，手中的香菸也因為拿不穩而掉了下去。

「你怎麼會知道我的名字？」

KH 笑了一下，從口袋裡拿出一個很破舊的皮夾，丟給鬼塚紅蓮，她一接，打開皮夾，裡面有一張照片，一個高中女生的照片。

看到照片，紅蓮的眼眶漸漸濕了。

KH看了一眼坐在椅子上流淚的紅蓮，然後起身緩緩離去。

「果然跟我想的一樣……」KH說。

# 敵眾我寡，毀滅紅龍組織之章

## 1

「老頭，我發現你有很多事情瞞著我。」坐在吧檯前，KH用菸頭指著Ruse的臉說。

「譬如說？」Ruse拿起了酒杯，喝了一口酒。

「你早就知道血腥瑪麗是鬼塚紅蓮對不對？」

「可以這麼說。」

「少在那裡給我打馬虎眼了，紅蓮現在人在誰的麾下？」

Ruse慢條斯理地喝完一杯酒，然後再斟了一杯酒，遞給KH，KH不屑地把酒杯一甩，酒杯掉到地上，破成碎片。

KH手肘用力地靠在吧檯上，發出一聲碰撞聲，店內的客人全部都朝這邊看了過來。

KH惡狠狠地盯著Ruse看，只見Ruse笑了一下，拿出一個牛皮紙袋。

「要我做事是要付出代價的。」Ruse 喝了一口酒。

「你做事果然都是不肯吃虧的。」

「好說好說。」Ruse 笑了笑。

KH 把牛皮紙袋裡的資料還有照片拿出來，照片上是一個年約五十歲的光頭男人，西裝筆挺，但掩飾不了全身的殺氣。

「紅龍？他是誰啊？沒聽說過。」

「你當然沒看過，因為他出道的時候你還在上幼稚園呢。」

「所以他現在不是線上的殺手囉？」KH 說。

「的確不是。」Ruse 再遞了一杯酒給 KH。「但他是現在殺手集團的首領。」

「你還想讓我滅掉一整個殺手集團？」

Ruse 笑而不答。

「你這個沒人性的臭老頭。」

距離上次出任務已經過了兩個多月了，隨著每次出任務，傷越受越多、越來越重，搞得 KH 連自己都覺得很煩躁。

下午跟子廷到星巴克喝了一下午的咖啡，稍微聽聽子廷長篇大論後，晚上去電影院看了兩部電影，然後KH回到住處整理行李，徹夜開車到高雄。

「殺手組織啊……好久沒有一次對上這麼多殺手了。」KH嘴上叼著香菸，打開了車上的音響，享受開始獵殺前的一點寧靜時刻。

東方的天空緩緩升起璀璨的光芒，剛下高雄交流道的KH隨便地在便利商店買了一個麵包，在車上吃了起來。

點了根菸，他從包包裡拿出一疊房子的平面圖，若有所思地看著。

「就從這裡進去好了。」他用香菸點在平面圖的一個位置上。

另一方面，高雄市鬧區的一棟高樓裡，一個會議正在展開。

大樓樓頂的一間大房間裡，近五十人整齊地排列站好，但是所有人低著頭不發一語，而前方有兩個人，一個跪著，一個站著。

「你們說，這幾個月以來，你們給我捅了多少婁子？」

「我……」跪著的男子發著抖，看著眼前這個殺氣騰騰的光頭男子，他連再說一句話的勇氣都沒有。

「連那一次讓你去殺KH的事都做不好，獵鼠，我可真是『飼老鼠咬布袋』啊！」

光頭男子抽出腰間的武士刀，抵在獵鼠的脖子上。

「你就……以死謝罪吧！」男子將手中的武士刀舉高。

而這時的 KH 正在永無止境的咒罵中，慢慢地在通風口裡移動著。

「我以為上次在條子的笨總部之後，就不用再爬這種鬼地方了，沒想到那臭老頭……哈啾！」

打了一個噴嚏之後，KH 擰了擰鼻子。

「他一定是故意的，那個死老頭……」

而 KH 就這樣一路爬，一路狂罵，直到他看到一處發出亮光的窗子。

KH 打開窗子，跳了下來。

「什麼？是廁所？」他拍拍身上的灰塵，只是他沒看到他後面正有一個人躡手躡腳地走了過來。

「你是誰？」後面那個人用槍抵住他的脊椎。

「你是殺手嗎？」KH 問。

「是又怎麼樣？」

「真可惜……」KH 搖了搖頭，嘆了一口氣，接下來的發展快得讓人難以相信，只見他快速地轉身，用左腳的膝蓋夾住那人拿槍的右手腕，然後是一個後空翻。

短短的兩秒鐘，KH卻從劣勢的一方轉變成優勢的一方。

「啊……唔！」那人痛得慘叫，但馬上被KH捂住嘴巴，雖然手被折斷，但只能發出一點點慘叫聲。

「叫這麼大聲，被發現怎麼辦？」KH狠狠地敲了他一下頭，然後用手刀用力地朝他的脖子斬了一下，他就像是一個失去鐘擺的鐘一樣的直落到地上。

KH伸出右手食指探了探他的鼻子之後說：「這樣還沒死，算你命大。」然後把那名殺手掉在地上的槍撿起來，收進口袋裡。

「老闆，等一下！」一個高大的男人從一群人之中跑了出來，跪在獵鼠的旁邊。

「Bull，你出來做什麼？」獵鼠小聲地說。

「我不能看著你被紅龍老闆殺掉。」

「喂喂喂！」紅龍用武士刀敲著地板。「你現在是什麼意思？是要來幫這隻老鼠求情的嗎？」

Bull抬頭看著紅龍，說：「獵鼠他只是一時失手，請老闆再給他一次機會。」

「哦！是這樣喔！那我就『暫時』放他一馬，不過還是要給他一點懲罰才行啊！

不然我怎麼能服眾呢？Bull，你說對吧？」

「對……」Bull想了一下，說：「那，讓我代替他受一半的懲罰吧！這樣他也不會受這麼多的罪。」

「看不出來你還真挺朋友的啊……」紅龍拿刀身在手上拍呀拍的，接著好像是想到什麼一樣笑了一下。

「跪下，彎腰，雙手撐在地上。」Bull和獵鼠聽了之後照做。

「很好很好，接下來把右手背到背後。」聽到紅龍的命令之後，兩人雖然不明白紅龍要做什麼，但還是聽了命令照做。

只是當兩人將右手背到後面的時候，紅龍突然露出很可怕的笑容，兩人低著頭自然是看不到，但其他人看見之後感到不寒而慄。

只見紅龍舉刀，向下橫斬，刀身迅速地穿過兩人的左手腕。

正當所有人準備目睹這可怕的景象時，紅龍赫然發現不尋常的事。

兩人的手腕完整無缺地撐在地上，而刀身卻斷了一大截。

「怎麼可能？」紅龍轉頭一看，發現斷掉的刀掉落在地上，而地板上還插著一把有扣環的小刀。

「他們是殺手，你砍了他們的手，不是等於要他們的命嗎？」這句話從眾人的背後傳來，所有人轉頭一看，KH 正從容地從房間的大門走了進來。

紅龍眉頭深鎖，正想開口問 KH 是什麼人的時候，獵鼠和 Bull 剛好轉頭看到 KH。

「KH！」獵鼠大喊。

「KH，你就是 KH？」紅龍不可思議地看著眼前這個少年，褐色長髮，黑衣黑褲、黑色皮鞋，身上披著一件黑色大衣，甚至還散發出有如地獄使者一般的冷冽之氣。

「在下不才正是 KH，見笑了。」KH 說。

KH 慢慢走到大廳正中央，所有人聽了紅龍的指令之後，把 KH 團團包圍了起來。

「你來這裡做什麼？」紅龍問。

「消滅你們。」

紅龍一聽，哈哈大笑了起來，然後丟掉手中的斷刀，抽出懷裡的手槍，對著 KH。其他人也在這同時掏出他們的手槍，KH 瞬間被五十幾把槍的槍口包圍。

「你很有種，但是有勇無謀。」不多說其他廢話，紅龍扣下扳機，其他人也跟著扣下扳機。

就在所有人，包括獵鼠及 Bull 兩人都認為 KH 死定的時候，卻看到 KH 無聲無息地出現在紅龍的身後。

「喝！」KH奮力一踢，把紅龍整個人踢飛，幾個殺手丟下槍，趕緊跑過去接住紅龍。

「你怎麼辦到的？」紅龍問。

KH笑了一笑，指向天花板。紅龍抬頭一看，天花板上的風扇被一個金屬夾子扣住，而金屬夾子尾端的鋼線一直連接到KH所綁的腰帶上。

「這叫做吊鋼絲。」KH說。

KH走到獵鼠及Bull兩人的身邊，叫他們快點離開，這時候又是一道槍聲，KH迅速地一閃，子彈直接打中地面。

「看來你真的有跟傳說中的殺手閻王過招一番過啊！連子彈你都可以閃得開，我真是太小看你了。」紅龍看著KH說。

「你過獎了。」KH起身，把兩人拉了起來。

「不許走！」紅龍向地板開了兩槍，獵鼠兩人停下了腳步。

「怎麼樣他們才能走呢？」KH看著紅龍。

「除非你死。」

「有意思……」KH把手伸進口袋，嘴角上揚。

# 2

高速公路上，有一部高級的 BMW 跑車以近兩百公里的速度疾駛著，沿路的警察就算發現了，也完全無法追上它的速度。

而車子的主人從容地戴著墨鏡，冷酷的表情，似乎這點速度他一點都不放在眼裡，打開的敞篷無法阻止因為車速而灌進來的強風，飛揚的長髮，隨風搖擺的白色皮大衣，一道白色閃電恣意地在道路上狂飆著。

「喂，我是 King。」下了高雄交流道之後，King 的車速慢了下來，他打了通電話，電話另一邊的人告訴他一個地址。

「OK，我知道了，我會達成任務的。」King 掛上電話，然後把 SIM 卡拿了出來，折成兩半，接著隨手把手機丟進路旁的排水溝裡。

「要讓你知道厲害。」King 用力踩下油門。

KH 雙手伸出口袋，這同時紅龍身後的幾名殺手也應聲倒地，所有人都不知道發生什麼事，除了 KH 自己。

「看不清楚嗎？要不要我再來一次？」KH再次把手放進口袋，紅龍瞪大了眼睛，KH嘴角揚起，手再度伸出大衣口袋。

這次有所動作的人只有紅龍一個人，不過他不是倒地，只見他大動作地跳了幾下，然後他手中多了幾把鋼製小刀。

「雕蟲小技。」紅龍把小刀丟在地上，眼神瞥了那些小刀一下，轉回前方時，他發現KH已經站到他面前，幾乎是面對面貼著身體的距離了。

「你……」

只見KH一個非常狂妄的笑，雙手伸進口袋裡面，左手拿出剛剛在廁所拿來的槍，右手則是拿出自己的沙漠之鷹，因為自己的身高跟紅龍差不多，KH把自己的雙手伸到紅龍的腋下，向上一抬，紅龍的手就向兩旁平舉了起來，沒有辦法對著前面開槍。

接下來一陣陣的槍聲，KH順勢帶著紅龍的身體轉圈，一瞬間就殺掉絕大部分的殺手。

「去死！」紅龍抬起腳使勁一踢，KH馬上被一腳踢飛，只是他一個靈活的後空翻，雙腳著地，還用很輕蔑的笑看著紅龍。

「可惡……全部給我上！」紅龍一聲令下，其餘的十幾名殺手一擁而上，跟KH打起了一場多對一，完全不公平的戰鬥。

這時候獵鼠和 Bull 已經趁亂躲到另一扇逃生門外了，不過他們還是好奇地把門開了一點點縫，偷看房間內的情況。

「是激將法。」Bull 小聲地對獵鼠說。

「嗯，KH 知道我們的老闆很容易被激怒，所以用這個方法亂了老闆的方寸，讓老闆不能冷靜對付他。」獵鼠說。

「這麼多人打一個，原本就是不公平，如果老闆能冷靜調度殺手的話，KH 早就是囊中物了，也不會演變成現在這種局面。」

「看來勝負早就已經決定了。」獵鼠看著一個個倒下的殺手說。

「看來的確是這樣。」一個陌生的男人聲音出現在兩人的身後，兩人嚇了一跳，向後一看，那人只把食指放在嘴唇中央。

「噓。」男人笑了一下。

所有的殺手都被 KH 擺平了，五十幾個人倒的倒、死的死，只剩一個人屹立不搖。

「你應該是這裡的頭號殺手吧？你叫什麼？」KH 甩甩手上的血，順手拿了條手帕包住傷口。

「冥蛇。」

「OK，你上吧！」把槍收進口袋，KH擺出一個戰鬥的架勢，冥蛇二話不說直向前衝，右手四指併攏，指尖直取KH喉頭。

KH向後跳了一步，側身閃過這突如其來的一刺，沒料到冥蛇向前突刺的手猛地向右揮去，KH一閃，不料他的臉頰還是被劃出一道傷痕，而這時兩個人的動作也隨之靜止。

除了這招快到來不及反應之外，另一個原因是冥蛇的脖子正被KH手中的小刀抵住。

「我有點小看你了。」KH慢慢把扣著小刀的左手收回來。「我發誓我會永遠記住你的名字，用來弔念你。」

KH雙手扣住小刀，猛地出手，冥蛇一個措手不及，右手被KH劃出一道大傷口，頓時鮮血直流。

這一幕紅龍還有門外的三人看得很清楚，獵鼠和Bull清楚地知道身後這個謎一般的男人擁有的能力絕對不在房間內的紅龍、KH還有冥蛇三人之下，因為這男人全身散發出來的殺氣已經足以讓兩人感到冷汗直流。

冥蛇一個大翻滾，滾到KH攻擊範圍的死角，然後掏出一把掌心雷，對著KH開了幾槍。

KH靈巧地用大衣擋住子彈，然後迅速地掏出沙漠之鷹，扣了幾下扳機。

幾聲槍響之後，KH臉上又多了一道子彈劃過的傷口，而牆角卻多了一具冰冷的屍體。

「唉。」KH閉上眼睛，嘆了一口氣，然後舉起槍口，對著紅龍。

「接下來就只剩你了。」KH說。

紅龍一樣掏出手槍對著KH，只是KH完全不加以理會，開了兩槍之後，紅龍的槍被子彈打落到地上，而KH一步步地逼近他。

「是時候了。」獵鼠身後的男人笑了一下，然後開了門，走了進去。

「砰！」一聲巨響從KH背後傳來，KH向後一看，地板被炸出一個大洞，地上還在冒著煙，他直盯冒出的煙裡看，有個人影慢慢走了出來。

「好久不見啊！」

「Death？」KH瞪大了眼睛，看著眼前的這個男人，正是上次在大街上用重火力要殺他的人。

「你還記得我啊？」Death手中把玩著一顆手榴彈，一邊向KH走了過來。

「當然，不過沒想到你的作風還是這麼暴力。」KH手指著地上還冒著煙的大洞說。

「暴力一向是我的代名詞，不過我這次只是覺得大喊住手很老套，我才直接丟顆手榴彈讓你們都注意到我囉！」Death笑了一下，然後把手中手榴彈的保險栓拉開，丟到紅龍還有KH中間。

接著又是一聲巨響，早知道有此一著的KH穩穩地站著，紅龍則是被爆炸的威力給炸飛了一小段距離。

「你該不會是要在這裡跟我挑戰吧？」KH說。

Death聽KH這麼一問，把右手放到下巴上，食指輕輕敲著嘴唇，做出一副在思考的樣子。

「你說呢？」Death想一想之後，對KH笑了一下。

「很好。」KH左手掏出另一把手槍，對著Death就是一陣亂轟，Death嚇了一大跳，只能死命地向前跑。

直到Death快要接近牆壁的時候，他突然加速，然後一腳踩上牆壁，來個三段跳。

「呼！好險。」Death苦笑了一下。

利用三段跳才好不容易暫時逃出KH的攻擊範圍之後，Death順勢丟出兩顆手榴彈，然後拿出背上的霰彈槍，裝上子彈，然後拉了一下槍機。

在手榴彈爆炸的同時，Death 也開了兩槍，由於距離有點遠，KH 輕鬆地用大衣擋住子彈，但還是將他逼退了幾步。

「好痛……」KH 抓著發痛的肚子。

強大火力的戰鬥，在逃生門外的獵鼠兩人看得很清楚，何況是當時還待在房間裡的紅龍。

紅龍見兩人打得不可開交，一跛一跛地走向大門，正想趁亂逃跑的時候，大門突然被打開，走進來的人一把揪住紅龍的脖子，拖著他向前走。

「住手！」

兩人聽聲停火，接著轉身見到一個穿著白色皮大衣的男人揪著紅龍的脖子走了過來，一走近兩人，他便把紅龍丟到兩人中間。

「King？」KH 說。

「老套。」Death 用鼻子哼了一口氣。

「你來這裡做什麼？」KH 不悅地看著 King，然後指著紅龍說：「他是我指定要殺的人，難道你是來攪局的？」

「正因為你要殺的人是他，所以我才要來。」King 把手插進了大衣口袋裡。

「來做什麼？」

「來阻止你。」

KH 不敢相信自己的耳朵所聽到的，他走到 King 的面前，一把抓住 King 襯衫的白色領子。

「你很喜歡管我的事嘛。」KH 舉起槍，朝著身後扣了一下扳機，子彈雖然沒有直接命中紅龍，但還是從他的臉頰旁邊擦了過去，讓紅龍嚇得差點就尿濕了褲子。

King 伸手一把抓住 KH 的沙漠之鷹，並且把槍口移開紅龍那方向，KH 瞬間暴怒，他把 King 手撥開，然後把槍口抵在 King 的眉心。

被槍抵住的 King 不但不動聲色，而且還用一貫的冰冷眼神直盯著 KH，只是這眼神讓 KH 覺得更火大。

「為什麼我不能殺他？」KH 大吼。

King 輕輕地把槍撥開，然後微微地低下頭。

「現在還不能告訴你，不行。」King 搖搖頭，說：「不過我希望你看在你叔叔的份上放過他。」

聽到叔叔這兩個字，KH 全身都震了一下，他瞪大眼睛看著 King，抓住他領子的左手也抓得更緊了。

「你怎麼會知道我有叔叔？為什麼你會說出這種話？紅龍跟我叔叔有什麼關係？」KH 歇斯底里地搖著 King，但 King 只是把 KH 的手撥開。

「這不是你現在能知道的，相信我，總有一天我一定會把所有事情都告訴你的。」

「這是叔叔希望的？」KH 說。

「是。」

「那他現在還……」

「這個我不能告訴你。」

KH 眉頭皺了一下，然後閉上眼睛，深深地吸了一口氣，然後吐出好長的一口氣，然後他張開眼睛看著 King。

「好，我相信你。但是你現在要怎麼處置他？」KH 指著紅龍說。

King 走了過去，把紅龍拉了起來。

「有人不希望你現在就死，算你命大。」King 對著滿身是傷的紅龍說。

「你想把我怎樣？」紅龍問。

「放心，叫我來救你的那個人已經叫我安排你回『異界』去，雖然你曾從那叛逃出來，但你在 Ruse 的旗下混得有聲有色的，我相信他們會很樂意重新接納你的。」

「好吧……」紅龍低著頭說。

King攙扶著一跛一跛的紅龍走向門口，在開門的時候，他轉回來看著KH說：「對了，今天我來這裡的事，以及我說過的話，請你不要對任何人說，這樣會帶給你我殺身之禍。」

「包括那個臭老頭也是嗎？」

「Ruse……」King笑了一下，說：「當然對他也一樣。」

「我知道了。」

「還有，你幫著Ruse做事的時候，要格外小心，他不是你所想的那麼簡單，尤其是他的心思。」

「他的心機很重我知道，而且他常常派我去做危險的任務，這還要特地叫我小心嗎？而且你自己不是跟我一樣，也在他的底下工作嗎？」KH疑惑地看著King說。

「也是……總之，小心那個男人。」然後King露出一個很複雜的表情，這表情很熟悉，讓KH想到曾經的一個敵人，那個傳說中的殺手。

說完之後，King帶著紅龍轉身離開房間。

「叔叔……」KH的眉頭深鎖。

正當 KH 還在思考 King 剛才說的話時，突如其來的一聲槍響，讓 KH 驚覺到他遺忘了一個人物。

「你好像忘記我還在這裡了喔？」Death 說。

KH 沒好氣地看著他，深深吐了一口氣，說：「怎麼樣？你現在還要再繼續打嗎？」

Death 又把手放在下巴上，食指輕輕敲著嘴唇，然後露出一副很無奈的表情。

「不打啦！剛剛那個情況搞得你一點戰鬥力都沒有了，我打起來也不開心。」然後 Death 招招手，叫躲在逃生門後的獵鼠兩人出來。

「你們還沒走？」KH 說，而獵鼠不好意思地抓抓頭。

「他們組織裡頭殺手全死了，老大被白衣怪客帶走了，你要他們走去哪？」

Death 把兩人拉到 KH 面前。

「你闖的禍，你自己收尾。」接著 Death 轉身走向門口。

「三天後的中午，西門町。」Death 關上門。

當晚 KH 把獵鼠和 Bull 兩人帶到 Ruse 的酒吧裡，並且把所有事情告訴 Ruse，當然他依約定去掉了 King 來的那一段。

「所以是 Death 攪局才讓紅龍趁機逃掉的。」KH 邊抽著菸邊說。

「那你把他們兩個人帶過來是要我收他們到我旗下囉？」Ruse 喝了一口酒。

「沒錯。」

Ruse 看了獵鼠和 Bull 一眼，說：「沒問題。」

「那樣是最好，還有，你什麼時候要告訴我紅蓮的下落？」

「你沒有達成任務，憑什麼要我告訴你鬼塚紅蓮的下落呢？」Ruse 倒了兩杯伏特加給獵鼠兩人，然後看著 KH。

「就跟你說是 Death 他——」

「好！那你把今天來搗亂的 Death 殺了，我就告訴你鬼塚紅蓮的下落，怎麼樣？」

Ruse 望著 KH 說。

「一言為定！」KH 起身把菸熄掉，然後拿起他的大衣，走向門口。

「他們兩個就麻煩你照顧了。」

「你放心好了。」Ruse 喝了一口酒。

「等我的好消息吧。」KH 開了門，走了出去。

深夜，SICKLE 裡的客人幾乎都走光了，只留下 Ruse、獵鼠和 Bull 三人，獵鼠兩人趴在吧檯上睡得很熟，而 Ruse 用著很可怕的眼神盯著兩人看，然後他從吧檯下拿出一把手槍，不疾不徐地扣下扳機。

兩聲槍響傳出，Ruse拿出手帕擦擦自己的手，接著從廚房走出兩個人，兩個面無血色，完全沒有存在感的人。

「古魯斯，交給你們處理了。」Ruse說。

「沒問題。」

看著兩具屍體被拖離吧檯，Ruse冷冷地笑著。

「沒有用的人，沒有活著的必要。」他說。

# 街頭激鬥，西門町決戰之章

## 1

「還沒有辦法確定……」望月不斷地敲打鍵盤，試圖從電腦內滿滿的資料檔裡找到一些端倪。

「自從那件事之後，他好像就從日本消失了，只是這幾年的所有出境旅客名單裡都沒有這個名字，表示他還待在日本國境內？這樣他就不可能是KH了……不對不對，這樣思考絕對是錯誤的。」望月猛抓著頭，但是已經好幾天沒有睡覺的他，腦袋就像是已經卡住的齒輪般，一點都沒辦法轉動。

「怎麼啦？搜查官？」一名年輕的刑警端著兩杯咖啡走了進來，並遞給望月一杯。

「謝謝。」望月喝了一口。

「不客氣。」

「我記得你叫……」

「我叫劉子紹，搜查官。」子紹笑了一下。

「你之前是跟在龍警官身邊的嘛！」

「對啊！但我竟然不知道龍警官是殺手，真是令人難以置信。」子紹看著手中的咖啡，嘆了一口氣。

望月繼續用手中的滑鼠移動著桌面的資料，子紹好奇地湊過來看。

「長官，上次你在會議中提到的嫌疑犯，就是這個叫劉凱浩的嗎？」

「沒錯，但我還不能完全確定他就是KH，因為還有很多疑點要查清楚，只是我直覺確定就是他。」

「成績優秀、體育優等的高材生，竟然在大考前失蹤，然後還當了兩年的殺手，最後在日本失蹤，的確是有點可疑。」子紹喝了一口咖啡。

「還不只這樣，他在日本失蹤不久，KH馬上就在台灣出現，所以我才會懷疑他。」

「那為什麼不馬上追捕他呢？」子紹問。

「因為完全沒有他回國的紀錄，加上他全家都死於非命，官方資料裡是說他已經死了，但我覺得絕對沒這麼簡單。」

「嗯……」子紹盯著螢幕，思考了一會兒。

「你有什麼想法嗎？」

「會不會是殺手界有個足以呼風喚雨的人物，見到他有非凡的能力，然後替他隱瞞一切，包括身分、名字、住處……等，然後幫助他，讓他為自己做事，消滅一些不聽話的殺手。」子紹若有所思地點點頭，望月卻在旁嘆氣。

「你想像力太豐富了，小說還有電影別看這麼多，腦子裡盡是一些奇怪的思想，會妨礙你自己辦案的。」望月搖搖頭，轉過去繼續看著電腦螢幕上滿滿的資料。

「呵呵呵……」子紹抓抓頭。

正當兩人邊喝著咖啡邊討論有關於劉凱浩的事時，有一名刑警匆匆忙忙地開門跑了進來。

「怎麼了？這麼匆忙。」望月看著跑進來的刑警說。

「搜查官，有案子。」他邊喘邊說。

「什麼案子？」

「今天早上高雄有一間企業大樓的頂樓發生爆炸案，當地的警員前去現場勘驗的結果，發現這不是一起普通的爆炸案，除了頂樓有人丟手榴彈之外，一間會議廳裡還有好幾具被槍殺的屍體。」

「林警官，你應該知道黑道火拚不在我們的管轄範圍之內，這種案子交給高雄地方的警員去辦就好了，不必特地來向我報告。」望月喝了一口咖啡，視線轉回螢幕上，子紹卻很好奇地走了過去。

「應該還不只這樣吧？」子紹說。

「對，現場還發現了一張黑色的卡片，是KH的卡片。」

「哦？這下有趣了。」望月眼睛離開螢幕站了起來，抓起他掛在椅子上的夾克就朝門口走去。

「林警官，有地圖嗎？」

「有，在這裡。」林警官遞給望月一張地圖。

望月看了看地圖，轉頭看了站在桌邊的子紹，對他招了招手。

「你有車吧？」望月問。

「有。」

「跟我一起到高雄去。」望月開了門，走出辦公室。

開了門，凱浩隨著子廷進去一間辦公室裡。

「這就是你的律師事務所啊？看起來還真的是滿雅致的，你在律師這一行應該混得不錯吧？」凱浩隨便找張沙發就坐了下來，子廷則是到他的辦公桌前坐了下來。

「還好囉！畢竟我當律師是為了要伸張正義，出不出名就是其次了。」

「正義啊……」凱浩若有所思地看著天花板。

「有什麼不對嗎？」子廷疑惑地看著凱浩。

「沒有啦！沒事。」

「那就好。對了，你臉上的傷是怎麼一回事啊？」子廷指著凱浩臉上的兩道傷痕。

「在清垃圾的時候不小心被傷到。」凱浩摸摸自己臉上的傷口。

「是喔……對了，你要喝杯咖啡嗎？昨天我的委託人送我一種很好喝的藍山，你要不要試試？」子廷拿出一罐咖啡豆。

「好啊！我也想偶爾試一試自己研磨的咖啡。」

「那你就要過來幫我囉！」子廷笑了一下，拿出手搖的咖啡豆研磨機。

「沒問題！」凱浩從沙發上跳了下來。

子紹的馬自達3疾駛在公路上，吹拂的風剛好可以讓坐在副駕駛座上的望月清醒一下腦袋。

「長官。」子紹出聲叫了望月一下，望月沒有回應，所以他只好猛拍望月的肩膀。

「嗯？」望月張開眼睛，猛一起身，卻看見子紹在旁邊竊笑。

「望月搜查官，你真的是太累了。」子紹說。

「也許吧……你叫我有事嗎？」望月拍拍自己的臉，然後點了一根菸。

「自從我接觸到 KH 這個案子已經半年了，這段期間我不斷研究 KH 的犯罪動機，所有的資料我都翻爛了，剛剛在局裡的時候，真的是我研究資料之後推論出來的結果，不是我自己亂猜的。」子紹用非常認真的眼神看著前方，望月輕輕地笑了一下。

「那你說，現在我們要去偵辦的這件案子，你有什麼比較特殊的看法呢？」望月深深地吸了一口菸，然後把菸蒂彈出車窗外。

「我看的資料中，所有國外雇來的殺手都被殺光，還有菜鳥殺手、黑道雇用殺手，以及一些零散沒有進入殺手組織的殺手都被殺光了。」

「哦？我倒是沒有注意到這一點，你繼續說。」望月又點了一根菸。

「嗯，所以我研判，KH 這個案子還有幕後的黑手，KH 出力，那個人出點子，而且我相信他們有一個極大的陰謀。」

「陰謀？」

「對，陰謀。一個要肅清異端，統整整個殺手界的大陰謀，尤其是剛剛傳來的報告裡面，有說到這次被殺的這幾個人全是登記有案的殺手，這次連一整個殺手集團都被消滅掉了，更讓我確定這樣的想法。」

望月聽了子紹這樣講之後，像是恍然大悟地睜大了眼睛。

「原來如此……」望月不禁笑了出來。

⊕

「好香啊！」凱浩聞聞咖啡機的出口緩緩流出來的咖啡，垂涎三尺的模樣讓子廷不禁笑了出來。

「你太誇張了啦！」子廷捧腹大笑。

「嘿嘿嘿。」凱浩抓抓頭，跟著子廷一起笑了起來。

咖啡煮好後，子廷倒了兩杯，一杯遞給凱浩。

看著杯中深色的咖啡，凱浩拿起小調羹在杯中攪拌，杯子裡的小漩渦不斷旋轉著，凱浩越看越入神，直到子廷拍上他的肩膀。

「你在想什麼？想得這麼入神。」子廷偏過頭看著凱浩。

「沒事。」凱浩啜了一口咖啡，突然想到一件事，放下了咖啡杯，他說：「子廷，你說你當律師是為了伸張正義，那麼在你的心目中，正義是什麼？」

「那你覺得正義是什麼呢？」子廷反問凱浩。

「讓所有人處在公平的地位，不就是正義嗎？」凱浩把咖啡一飲而盡，然後拿出他的菸盒，點了根香菸。

「也對，也不對。」

「怎麼說？」

「你看過約翰．羅爾斯的《正義論》這本書嗎？」

「那是什麼鬼？」凱浩吐出一口白霧。

「約翰．羅爾斯是二十世紀很有名的美國政治學家，他寫的這本書裡，對正義有很不錯的見解。」子廷喝了一口咖啡。

「哦？什麼見解？」

「他說：『正義起於公平，無知才能公平。』就是說一個人不知道自己在社會中的地位，不知道自己屬於哪個階層，不知道自己的天賦和才能，甚至不知道自己喜歡什麼追求什麼的時候，他的決策就是毫無偏見的，這樣才算是公平，才算是正義。」

「有道理，相比起來我的見解膚淺多了。」

「你能說出公平這兩個字已經算是很正確的見解了。」子廷拿起桌上的咖啡壺，把咖啡倒進凱浩已經空了的咖啡杯裡。

「你還沒說你的想法。」凱浩接過咖啡，看著正在思考這問題的子廷。

「我認為……不管是什麼，行為、價值觀、法律判決，只要是被世人所接受的，就叫做正義。」子廷喝了一口咖啡。

「被世人所接受啊……」

「怎麼了嗎？」

「你認為 KH 的作法，會被世人所接受嗎？」

問完這句話，凱浩看著子廷，希望子廷可以為自己從以前到現在的種種殺人行為，做一個客觀的解釋。

至少，別再讓自己掛上一個「自以為正義」的臭匾額。

「你今天很奇怪，竟然會主動跟我聊有關於 KH 的事呢！」子廷笑了一下，然後把空的咖啡杯放在桌上。

「我只想聽聽你的意見。」

「好吧，我覺得大家總是給他冠上『自以為是的正義』的名號，但是他一心要復仇的心情，已經不是能用世人的普通價值觀可以去衡量的了，所以我無法去評斷他是否算是正義。」

「我又沒有在問你他是不是正義。」凱浩一口飲盡杯子中的咖啡，卻嗆了一下。

「我知道這是你想聽的答案。」子廷看了凱浩一眼，然後是一個若有似無的微笑。

「呵呵呵……」凱浩苦笑。

「長官，你想到什麼了嗎？」子紹開著車，邊問坐在副駕駛座上的望月。

「我在想四年多前，殺手劉凱浩全家被滅門的慘案。」

「為什麼會想到這個案子？」子紹踩下煞車，停在紅燈前。

「我看過現場拍下來的照片，每個人的死法都一樣，額頭一槍斃命，沒有掙扎的痕跡，完完全全是技術高超的殺手所為。所以我在想，如果真的是這樣的話……」

「如果真的是這樣的話，他會找上那個擁有能力的幕後黑手幫他策劃一切，他幫那個人肅清殺手界，那個人幫他找殺他家人的兇手，原來如此，這樣跟我的推論就可以完全連接起來了！」子紹恍然大悟，連綠燈了都忘記要踩油門，直到後面的人對他狂按喇叭他才警覺到要繼續開車。

「這樣就有動機了，但是還要找出那幕後黑手。」突然間，望月想到他之前不小心轉到的電視政論節目裡面，一名律師曾經說過的話。

「那徐律師，你有什麼不同的看法嗎？」主持人轉過去問一直沒發言的徐子廷。

徐子廷拿起了麥克風，不疾不徐地，用著他平時說話的平穩語氣說：「我覺得，KH為什麼把殺手列為目標，一定有一個極大的原因。」

「喔？什麼原因呢？」

「可能性很多，例如復仇。」

「你是說，他跟殺手之間有仇恨嗎？」

「目前我覺得最合理的就是這個解釋了，其他我覺得都很牽強，因為他如果是要消滅邪惡的人，不一定只挑殺手下手，挑一些重犯下手，也不會像在對上殺手的時候要用性命相搏，畢竟他的對手可是一群殺人專家。」

「復仇啊……看來我以後也要多看看電視了。」望月又點了一根菸。

「多看電視，什麼意思啊？」子紹問。

「沒什麼意思，你開快一點，如果再一個小時你還到不了目的地，等一下晚餐就叫你出錢！」望月深深地吸了一口菸。

「是！長官！」

隨著子紹踩著油門的力道越來越大，馬自達3的速度也越來越快，而望月嘴角上揚的角度也跟著越來越高。

2

馬自達3緩緩開到大樓前，望月跟門口的員警說了一聲之後，就跟子紹一起搭電梯上樓。

「太誇張了吧……」子紹看著眼前成堆的屍體，一股濃濃的血腥味撲鼻而來，子紹不斷在場乾嘔。

「長官，就是這張卡片。」一名警察把 KH 的黑色卡片交給望月，望月看了一眼之後就收進上衣口袋，然後轉過去跟那個警察咬耳朵。

「是，等檢驗報告出來會立刻呈上去。」

「很好，就先這樣。」望月拍拍還在不停乾嘔的子紹，示意他要離開。

「這麼快就要走了？」子紹還轉回去看了一下地上的屍體。

「我要看的、要問的，我都問完，而且看完了，當然是要趕快回總部啦！不然你還想在這裡觀光嗎？」望月走向門口，子紹快步跟上。

要離開房間前，子紹看了看地板上的爆炸痕跡，然後皺了一下眉頭。

「會不會是……」

夜晚，KH 又來到了 SICKLE 酒吧，Ruse 依舊是悠閒地坐在吧檯裡看著電視，不時為自己調了幾杯酒喝，而 KH 也看著電視猛抽菸，兩人一語不發，直到 KH 伸出他的手。

「給點酒喝好不好？我不是來這裡看電視的。」KH 不悅地看著 Ruse，Ruse 搖頭笑笑，然後倒了一杯 Dry Martini 給 KH。

「看來你開始遺忘鬼塚紅蓮的事了。」Ruse 說。

「我才沒有忘。」KH 喝了一口，Dry Martini 的味道還是讓他難以忍受，他把剩下的酒放到吧檯上。「給我來點啤酒好不好？」

「但是看你都沒有要跟 Death 戰鬥的樣子，我以為你已經不把鬼塚紅蓮當一回事了呢。」Ruse 從冰箱裡拿了一瓶啤酒，開了瓶蓋之後直接放在吧檯上。

KH 拿起瓶子，倒了一些酒到空杯子裡，然後喝了一口。

「後天，後天中午在西門町。」然後 KH 一口飲盡杯子裡所有的啤酒，再倒一杯，然後一口氣喝光，一直重複這樣的動作，直到瓶子裡的啤酒都被他喝光為止。

「其實 Death 那傢伙，我到現在還沒有百分之百的把握可以贏他，但是我知道，他絕對沒有 King 來得難纏。」KH 吸了一口菸，呼出一口有著濃濃酒氣的白霧。

「你打算跟他拚死一鬥嗎？」Ruse 邊擦著杯子邊說。

聽到這句話的 KH 笑了起來，然後把右手肘靠在吧檯上，用一種「你是笨蛋嗎？」的眼神看著 Ruse。

「我哪一次不是跟對手拚死一鬥？我的目的也只是要找到殺死我全家的兇手，雖然你也有你的目的。但是我不想管，我幫你，你幫我，很正常。

「我知道，你很了解殺我全家的兇手是誰，我也相信等我達成你要的目標之後，你就會告訴我。」然後 KH 掏出懷中的沙漠之鷹，抵在 Ruse 的額頭上，KH 惡狠狠地瞪著 Ruse，但是他的表情卻是一派輕鬆，好像眼前的這把槍是玩具槍一樣。

「但是，你最好不要讓我發現你在搞鬼，如果我發現你真的在我背後搞鬼的話……」KH 迅速地扣下扳機，子彈沒有打在 Ruse 的腦袋上，而是打中在他身後的一瓶酒上，被子彈打中的酒瓶爆開，碎片和酒液瞬間飛散開來，弄得地板上一片濕。

「就像這樣？」Ruse 笑了笑。

「我故意沒打中你的，死老頭，你還要活著告訴我紅蓮的下落呢！」KH 把槍收進口袋裡，然後拿起大衣走人。

「兩天後的中午之後，你不是看到我的屍體，就是他的屍體。」KH 把門打開，離開了 SICKLE。

凌晨一點半，望月還有子紹沒有回家，而是開車到刑事總局前，回到總部後兩人不發一語，子紹翻著從櫃子上拿下來的一疊殺手資料，還有好幾天前的報紙端詳著，而望月則是盯著電腦裡的檔案。

突然間，子紹的電腦發出叮的一聲，正在翻看資料的子紹看了看螢幕。

「長官，高雄方面已經傳來了鑑定報告，還有當時現場的監視錄影器畫面了，你要看一下嗎？」子紹問。

「你先看好了，有什麼發現再告訴我。」望月繼續埋頭在他的電腦前。

「好吧。」放下手邊的資料，子紹開始看著電腦裡的資料。

望月的電腦螢幕上顯示的是子廷的資料，方才在回台北的車上望月想了很久，覺得這個徐子廷跟 KH 有極大的關係，就算不是直接認識，如果能利用他本身對 KH 了解的程度，KH 的案子一定可以馬上破案。

「找到了！」正當望月仔細地研究資料時，子紹突然大喊，讓望月嚇了一大跳。

「你這麼大聲幹嘛？」望月不悅地看著子紹。

「對不起對不起，因為我實在是太興奮了。」子紹抓抓頭，把報紙和一疊資料拿到望月眼前，然後把電腦轉向望月的方向，把聲音轉到最大聲之後，他按下播放鍵。

耳朵裡聽到的聲音，讓兩人打了一劑強心針。

「長官，看來 KH 已經是甕中之鱉了。」

「沒錯，你很行啊！」望月拍拍子紹的肩膀，露出微笑。

隔天，望月在會議室裡舉行會議，跟平常一樣放出幻燈片，但已不是商討如何抓到KH的破綻，而是要一舉出動，逮捕KH。

「這次在高雄的殺手集團被剿滅事件，雖然又再一次證明了KH的超高殺人實力，但是也讓他露出了不可挽回的破綻。」望月開啟幻燈片，畫面上是一張幾個月前的報紙，一則在台北商店街上的械鬥新聞，旁邊還有幾個武器的資料。

「相信大家都知道這件新聞，目擊者也看到是兩個人在商店街以槍械互相火拚，本來這跟我們是沒什麼關係的，所以我們差點忽略了這個最重要的一點，這一切都要感謝劉子紹警官。」望月看了一下子紹，子紹也不好意思地看著在場的所有警官。

「那這件案子跟KH有什麼直接性的關係呢？」一位警官發問。

「跟武器的種類有關，這個我請劉子紹警官來幫各位解釋一下。」望月示意子紹出來，子紹走到幻燈片前，然後按了按鈕換了下一張。

一張密密麻麻的表格呈現在眾人面前，子紹拿著一支紅外線燈光筆指著表格。

「我們的鑑識人員跟我們說，每次只要是KH的案子，在現場都會發現同一種槍的子彈，而這種槍叫做沙漠之鷹。

「很巧的是，我們在商店街那一次火拚發現到的子彈中，其中也包含了沙漠之鷹的子彈，而且彈道痕跡跟其他所有的子彈完全吻合，所以跟KH一定有關係。」

「那也只能證明 KH 慣用的槍是沙漠之鷹，我記得這次的會議好像是說一定可以抓到 KH 的作戰會議吧！怎麼可以提出這麼弱的東西出來呢？破綻在哪裡啊？」一位老鳥刑警不屑地說。

「沒錯，目前是能確定他用的槍是沙漠之鷹而已，但是我們發現這次高雄的殺手集團被剿滅一案，跟商店街那一次的案子有極大的關聯性。」

「是什麼啊？死菜鳥？」老鳥刑警依舊用著不屑的口氣說話，然後點了一根菸。

「陳警官，請你注意你的說詞，不然我就要請你出去了。」望月瞪了陳警官一下，而他還是白了望月一眼。

「請繼續。」望月說。

子紹對望月點了一下頭，然後把頭轉回螢幕上。

「我們發現兩件案子裡，都有同型的手榴彈和同型的霰彈槍子彈，而且經過彈道檢測，發現也是從同一把槍射出來的。」子紹換了一張幻燈片，螢幕上是一個男子的照片。

「這是我找到的殺手資料，Death，八年前出道，且在五年前銷聲匿跡的殺手，殺人時著重在破壞力，看過他的資料，我才懷疑兩件案子跟他有關係，而且 KH 也是他狙殺的目標，再加上……」

「等等，KH 是殺手獵人，怎麼會是他來狙殺 KH 呢？應該是倒過來吧！」一位刑警打斷子紹的發言。

「我知道大家都會這麼說，所以請看接下來的影片。」子紹把幻燈片機換成播放影片之後，然後把它放映在螢幕上。

螢幕上播的，自然是那天 KH 在房間裡殲滅殺手集團的事，當然還有 Death 半途出來攪局，除了 King 沒被拍到之外，幾乎所有的事都攤在這些刑警的眼前了。

「就是這樣，很可惜的是麥克風在槍戰時被打壞，所以收音不清楚，無法知道沒被拍到的人的身分，但是我們可以聽到最關鍵的地方。」子紹按下倒退鍵，然後暫停，聲音轉到最大，最後按下播放。

「三天後的中午，西門町。」

所有的警官們同時睜大了眼睛，只有子紹和望月露出得意的笑容。

「一起把這得意忘形的殺人魔逮捕歸案！」望月大喊。

「是！」眾人齊聲。

## 3

兩天後早上，西門町。

KH坐在咖啡店裡喝著咖啡，狀似悠閒的他，冰冷的雙眼卻迅速地掃過四周，看似平常的西門町街道，突然間，他發現了不尋常之處。

「怎麼會這樣？」一口飲盡了杯子裡的咖啡，KH走出門口。

走到西門町街口，KH又朝街裡看了幾眼，最後他像是恍然大悟似地笑了一下。

「原來如此。」他說。

烈日當空，太陽悄悄地爬上了最頂峰，人潮紛紛走向商店裡享受冷氣的吹拂，只有KH依舊一動也不動的站在西門町街口。

「時間差不多了。」KH看了看左手的錶，然後他往前一看，Death肩上揹著背包從人群中走了過來，強烈的殺氣讓經過他的人都不由得多看他一眼，但Death現在眼中，只有站在他面前的KH一人。

Death走到KH面前，距離不到五步的兩人互相看著對方，強烈的殺氣瀰漫在空氣中，明明是大熱天，卻給人一種不寒而慄的感覺。

「你很準時嘛！」Death笑了一下，但是KH不發一語，只是一直看著前方，看著西門町的人潮。

Death看著KH，然後眼神向左右瞄了一下。

「我知道了。」Death嘴角上揚。

另一方面，子紹站在某一棟大樓上看著兩人，正確來說，他只有看著Death一個人。

「現在情況怎麼樣了？」望月在電話另一頭說。

「Death出現了，現在正在西門町的東側。」

「那KH呢？」

「Death現在是站在一個穿著黑色大衣男子的面前沒錯，但我不能確定那個男的是不是KH。」

「我了解了，叫所有人員準備突擊，我馬上趕到。」

「是。」子紹掛上電話。

突然間，西門町街口一聲大爆炸，引起了所有人的注意，子紹連忙往下看，剛剛Death站的地方冒起了一陣濃煙。

「所有人員注意，隨時聽我的指令突襲！」子紹放下無線電。

Death從背包抽出兩把霰彈槍，對著KH就是一陣狂轟，KH抽出懷中的沙漠之鷹，跟著開火，頓時西門町陷入了槍林彈雨之中。

人群狂奔，濃煙和煙硝味充斥，還不時發出人們恐懼的尖叫聲，恍如人間地獄的景象子紹全看在眼裡。

「劉警官，我們要突擊了嗎？對方火力這麼強大，但是我們最多也只有穿上防彈衣，要不要傳喚雷霆小組過來？」站在西門町裡的其中一名便衣刑警用無線電通知子紹。

其實子紹自己也明白，他要對付的是兩個殺人專家，就算己方人多也不一定能靠人海戰術獲勝，所以要贏，就得想個萬無一失的方法。

「再等一下吧！讓我觀察一下再說。」

「是。」

Death一個箭步上前，一腳踢飛了KH，KH來不及反應被踢向牆邊，身體撞上堅硬的牆角。

「呃啊！」KH 一聲慘叫，嘴巴還吐了一口血。

Death 走向 KH，KH 慢慢爬起身，丟出口袋裡的隨身小刀。

Death 向後一閃，KH 藉機衝上前，給了 Death 一個迴旋踢。

「好樣的。」Death 一個踉蹌跌地，起身的時候抓起雙手的霰彈槍，對著 KH 又是一陣狂轟。

面對 Death 的強力猛轟，KH 只能就地找掩蔽物擋住攻擊，見到如此無力的 KH，Death 顯得有點不悅。

「如果你被那些蠢蛋條子牽制住而沒有辦法跟我用實力決戰，就算你被我殺死，我也不會高興的！」Death 停止動作，因為 KH 已經從掩蔽物中走了出來，看著自己，且發出強烈的殺氣。

Death 笑了一下，從背包拿出一個手榴彈，丟向 KH。

砰的一聲，隨著爆炸聲響完後是一陣陣的濃煙，Death 死盯著爆炸的地方看去，KH 從濃煙中向 Death 筆直地衝了過來。

原本以為 KH 只是要衝過來撞自己的 Death 站得直挺挺的，準備迎接這一撞，直到他看到 KH 手中閃亮的隨身小刀。

Death 舉起雙槍射擊，槍槍命中 KH 的心臟要害，雖然防彈大衣擋住了致命的子彈，但子彈衝擊的疼痛感還是讓 KH 的瞄準點偏離了。

突然間，兩人的動作停止，KH 嘔出一大口血，右手往前直伸，手指扣住的小刀也扎扎實實地插在 Death 的右胸上。

Death 瞪大了眼，用槍托把 KH 的手撥開，然後把槍丟在地上，硬是用手把小刀拔了出來，頓時血流如注。

「這樣就對了。」Death 說。

「別動！放下武器投降！」子紹領著五十餘名刑警出現在兩人周圍，把兩人團團圍住，動彈不得。

「臭條子，你們還真會趁人之危啊！」Death 用鼻子哼了一下，然後彎下腰撿槍。

「不准動！」子紹開槍，子彈卻在半空中被一個黑色身影擋了下來，KH 用著凌厲的眼神盯著子紹看，然後他舉起了槍。

「廢物。」子彈從沙漠之鷹中射了出來，命中子紹右手上的手槍，手槍應聲落地。

在子紹還來不及反應過來的時候，KH 和 Death 兩人舉起槍，扣下扳機，在場的刑警們也不遑多讓，跟著兩人一起開槍。

幾聲槍響過後，子紹抬起頭看，KH和Death兩人還是屹立在原地，但其他的刑警卻已受了大大小小的槍傷，不過共通點就是，除了兩人之外，所有人的槍都已經掉在地上。

「渾蛋！」子紹彎身要撿槍，KH卻扣下扳機，子彈打中子紹掉在地上的槍，槍又被彈開一段距離。

這時候子紹才是真的看清楚了眼前的兩人，兩人發出的殺氣讓他動彈不得，現在的他就像第一次聽到KH名號的樣子，恐怖感油然而生，雙腳也不自覺地發抖。

看著KH得意的眼神，以及他上揚的嘴角，子紹突然想到了一個很可怕的假設。

「難道說……」

「你猜得一點都沒錯。」KH把左手伸進口袋裡，拿出他的菸盒，點了一根菸。

「不可能！你如果只是為了要引我們出來，怎麼可能會做到這種地步？」

「這就是你笨的地方啦！」Death轉了過來，看著子紹，說：「我們原本來這裡就是為了要殺死對方，我們只是邊打邊等待時機引你們出來而已。」

「沒錯，我們是在演戲，也可以說不是在演戲。」

KH吸了一口菸，然後把菸蒂丟在地上踩熄。

「那個小日本呢？」KH說。

「你說指揮官？」

「對。」

「他現在不在這裡，不過他馬上就會趕來了。」

KH 把槍靠在肩上，慵懶地轉了轉頭。

「難怪這麼容易就讓我們給引出來了，原來一切都是你這個乳臭未乾的小鬼在發號施令啊！我看你們這些條子也快完蛋了。」Death 伸了伸懶腰。

KH 舉起了槍，沙漠之鷹的槍口對著子紹的眉心，看著槍口，子紹陷入了黑暗的恐懼深淵中，他無法思考，他完完全全地被 KH 的殺氣給震懾住了。

突然間，從子紹身後傳出一聲槍響，接著是一顆子彈飛了過來，KH 靈活地一閃，但子彈卻不偏不倚地射進 Death 的右肩，瞬間鮮血四濺，Death 痛得半跪了下來。

「KH，終於見到你啦！」望月從人群中走了出來，當 KH 看到望月那一瞬間，他露出了不可思議的表情。

「望月昌介？怎麼會……」KH 瞪大了眼睛，握著沙漠之鷹的右手不自覺地顫抖了起來。

望月慢慢走近 KH，然後吩咐所有人退下。

「好久不見了，劉凱浩。」望月笑了一下。

「上一次見面是四年前了吧，沒想到你是ETDK的指揮官。」KH僵硬地笑了一下。

望月舉起了雙槍，扣下了扳機，原本 KH 以為望月是衝著自己來的，沒想到他每一顆子彈都是在瞄準 Death。

「糟糕！」KH 抓住受了重傷的 Death 跑開，子彈全部落在自己身上，他痛得大叫。拉著 Death 跑進了小巷，望月還在身後追趕，KH 向望月開了幾槍，然後找了一條防火巷把 Death 放了下來。

「我馬上回來。」KH 對 Death 說。

正當 KH 要轉身跑開的時候，Death 一把抓住 KH 的衣角，KH 停下了腳步，看著 Death。

「你為什麼要救我？我明明是要殺你的人……」Death 用著不可思議的眼神看著眼前的 KH，突然間他覺得自己沒有像當初那麼恨他，這麼想置他於死地了。

「是殺手我都會殺，但是有一種殺手我不殺。」KH 冷冷地說。

「什麼樣子的殺手？」

「想要幹完最後一票就放手的殺手，我不殺，我會想給他機會，讓他走回正道。」

「為什麼？」

「因為他已經喪失殺手無情的殺戮之心，他想回到普通人的樣子。」

Death 抓住 KH 衣角的手鬆了，當初他聽到的殺手獵人 KH，是個冷血的劊子手，是個恐怖的存在，一個只想炫耀自己的自大狂。

但是他錯了，錯得離譜。

「你有心愛的人吧？」KH 問。

Death 愣了一下，然後說：「有，不過她死了。」

「怎麼死的？」KH 點起了一根菸，也遞給 Death 一根，Death 接過菸，抽了起來，但 KH 依舊看著巷子外的一舉一動。

「被殺手殺死的，手法很俐落，只有眉心被開一槍，一槍斃命。」

KH 瞪大了眼睛，手指突如其來的顫抖讓他夾不住手中的香菸而掉到地上，突然間，他有個很可怕的想法。

「怎麼了？」Death 問。

「你有算過彈孔到雙眼眼角的距離嗎？」

「我有點印象，因為那時候我也想分辨到底是哪個殺手殺的，而且那個殺手不是用狙擊槍射殺的，是用……」

「是手槍，用的是麥格農子彈，而且彈孔到雙眼角的距離，和雙眼之間的距離一致，剛好是正三角形。」KH 說。

「你怎麼會……」

「該死……看來有一個我們不知道的恐怖陰謀正在進行了。」

這時候防火巷外傳來了一陣陣的腳步聲，KH 綳緊神經，緊握著手中的沙漠之鷹。

「你待在這裡不要動。」說完之後，KH 朝著腳步聲傳出的方向跑了過去，黑色大衣飛舞，像極了一隻黑色的夜鴉，朝著目標直線飛去。

KH 從巷子裡跑了出來，望月手握著雙槍站在那裡等他，兩人雙眼交會的瞬間，迸裂出一道強烈的殺戮之氣。

「你這個殺人惡魔，我們今天一定要做個了結。」

「你能從日本追我追到這裡來也不容易啊！我們是該做個了結了。」

一陣強風颳來，飛揚的長髮擋住了 KH 的臉，但他那雙如野獸般銳利的眼睛，卻是死盯著望月不放，而下一秒，望月和 KH 同時舉起了手中的槍，扣下扳機。

四聲槍響，短短的五秒，望月手中的雙槍被打飛，KH 的臉頰也被劃出一道傷痕。

「結束了。」KH 扣下扳機，卻發出卡的一聲。

望月見機不可失，彎腰撿起地上的雙槍，只是他剛抬起頭，KH 已經站在他的面前了。

望月還來不及對 KH 開槍，手中的槍已經被 KH 奪下，還被 KH 一腳踢得老遠。

「該死！」看見 KH 在他面前把槍完全拆解掉，望月迅速起身，握緊了自己的拳頭，朝著 KH 的臉揮了過去。

KH 退了一步，用左手抓住了望月揮過來的拳頭，然後順勢給了望月一記右鉤拳。

望月的頭挨中了拳頭偏了一下，接著他甩掉 KH 的左手，讓 KH 吃了一記右直拳。

兩人停下動作，KH 拭去嘴角的血，然後用手肘把望月撞飛。

望月被撞到牆邊，吐出一大口血，他也知道現在肋骨斷了好幾根的自己，已經無法追擊站在眼前的 KH 了。

「我不會殺你，因為你不是殺手。」KH 拂袖而去。

看見 KH 已經消失在巷口的望月，手伸進口袋拿出了他的無線電。

「子紹，你聽得到嗎？」

「指揮官，你在哪裡？」

「我在剛剛廣場右轉的防火巷口，派人過來抬我回去吧。」

「那 KH？還有 Death 呢？」

「逃走了。」望月摸了一下胸口，皺了一下眉頭。

子紹沒有再說話，看著在場的刑警們，想到被KH打敗的望月，他頭一次感到束手無策，一點辦法都沒有。

「該逼他離開這個地方了……」當所有人趕來，把望月用擔架抬走的時候，望月抽著菸，語重心長地說出這句話。

# 狂暴轉戾，DEATH 的過去之章

## 1

七年前，台灣南部。

黑夜，夜晚的黑暗吞噬了一切，沒有燈光的公寓頂樓應是黑得伸手不見五指，現在卻陷在團團的火焰之中。

Death 站在充滿火焰的公寓頂樓，肌肉發達的右手抓著一個身材壯碩、穿著黑西裝男子的領口。

男子扭曲的表情已經說明了此刻他的心裡有多麼害怕，Death 那雙充滿無限殺氣的眼神直盯著他看，他甚至害怕到連儲存在膀胱的尿水也控制不住，唏哩嘩啦地流了出來，弄濕了半條褲子。

「求求你不要殺我……叫你來的人給你多少錢，我給你兩倍，不，三倍、十倍都不成問題，只求你饒了我。」男子流著眼淚苦苦地哀求，但是Death卻一點動搖都沒有，只是緩緩地抽起他揹在肩上的霰彈槍，把槍口對著男子的眉心。

「愚蠢……」Death扣下扳機，男子的腦袋瞬間開了個花，Death放了手，任屍首墜在地上漸漸被火舌吞噬。

Death拍拍身上的灰塵，然後把屍體往火勢最旺的方向一踢，瞬間火焰驟亮，詭異的光影晃動讓Death的臉看起來更恐怖，尤其是那雙深不見底的眼神。

「要混黑道，就不要怕被殺掉。」

不畏懼火焰的狂妄，Death逕自穿越過眼前的熊熊烈火，走向逃生梯口。

一輛吉普車停在一棟獨棟透天樓房前，Death下了車，走進房子裡，全身佈滿燒傷、槍傷的他似乎毫不在意身上的傷，一進屋子便脫光全身衣物，走進浴室裡。

浴室蓮蓬頭噴出來的水沖著Death，水沖去了身上的髒污、血漬，連正在流血的傷口上的血都一併沖到磁磚上，鮮血混著水流被沖向排水口，Death閉上眼睛聽著水聲，讓水滴一陣陣的打在他的臉上。

從浴室走了出來，依舊是一絲不掛的Death走到床邊，看著躺在床上早已熟睡的女子，他伸出手撫摸著女子的黑色長髮，露出難得一見的笑容。

突然間，女子醒了過來，水汪汪的大眼睛看著 Death，嘴角露出了笑容，雙手也從棉被中伸了出來，輕輕地環住 Death 的腰際。

「你回來啦？」輕輕的溫柔聲音像音樂，讓 Death 的心神安定了下來，Death 微笑，看著女子。

「我吵醒妳了嗎？」

女子搖搖頭，把 Death 摟近了些，Death 坐在床上看著她。

「你又去殺人了嗎？」女子把頭埋在 Death 的胸口，問著一個她自己也很明白答案的問題。

「思晴，我……」Death 不再說任何一句話，因為他感覺到懷中思晴的眼淚，從他的胸口滑落。

「騏威，收手了好嗎？我好怕……」

思晴透明的熱淚不斷地滑落，Death 心好痛，痛到都揪在一起了。

等到思晴哭累睡著了之後，Death 穿上了衣服，走到陽台，點了一根菸，任深夜的寒風瘋狂地刺痛他的心，他的表情依舊冷酷，只是眼淚再也忍不住……

「到底要怎麼做……我想要思晴安心，但我怎麼樣才能不當殺手？」

Death 閉上眼睛，腦海中浮現出一個人。

他像是恍然大悟地笑了出來，用力地用手把香菸握熄，然後他走下樓，坐上吉普車駛離。

等到Death的吉普車駛離一段距離之後，一個穿著黑色斗篷的人從路旁走了出來。那人看著Death的吉普車越開越遠，然後他轉頭往Death的房子看了一眼。

「Death啊Death，遊戲才剛剛開始呢，這麼心急是得不到寶物的唷！喀喀喀……咿哈哈哈哈哈！」那人就這樣站在路中央放肆狂笑了起來，此時有一輛跑車開了過來，那人收起笑容，露出可怕的眼神看著向他開過來的跑車。

「喀嚓！」那人用嘴巴發出了這個聲音，而黑斗篷像是被風吹起一般的動了一下，這時跑車的駕駛看見眼前的擋風玻璃上出現莫名其妙的裂痕，接下來他連聲音都來不及吭，整顆頭顱就這樣應聲爆開。

跑車因為少了駕駛操縱而失去控制，逐漸偏向路旁的消防栓。砰的一聲，跑車撞上了消防栓，然後整輛跑車爆炸，巨大的爆炸聲和跑車燃起的火光吵醒了深夜還在安眠的人們，所有人紛紛從窗戶探頭出來看。

剛睡著不久的思晴也被這巨大聲響吵醒，她走到窗邊往外看，看到一團大火，而且火團旁還站著一個穿著黑斗篷的人。

突然間，思晴感到很害怕，但她怕的不是那起車禍，而是那個用可怕眼神看著自己的、穿著黑色斗篷的人。

「妳儘管看吧！顏思晴，只恐怕妳再也沒多少機會這樣看東西了，咿哈哈哈哈哈哈！」然後他揮了一下他的黑斗篷，漸漸消失在路旁的樹叢間。

在台南市鬧區的一間酒店裡，一群人正在飲酒作樂，坐在最中間、梳著西裝頭，穿著黑西裝的男子，正是全台灣殺手界中擁有跟殺手之神 Ruse 對等勢力的可怕人物。因為行事風格殘忍霸道，加上一身的王者霸氣，於是他有一個再適合他不過的稱號「秦皇」。

「老闆，Death 來了。」一名手下匆匆忙忙地跑進來，小聲地在秦皇耳邊說，接著所有人看見 Death 走進門口。

渾身殺氣的 Death 鎮住了所有人，當然不包括秦皇。

「你們全部都先出去。」秦皇嘴角微微上揚，揮手叫所有人離開包廂。

「可是……這裡就只剩下他跟老闆你，我怕——」一名手下擔心地看著秦皇。

突然間，就在所有人眼皮都來不及眨的情況下，那個擔心秦皇有危險的手下的脖子被劃出了一道大裂縫，頓時鮮血四濺。

「我做事不用任何人教我，全部給我出去！」在秦皇大聲喝令之下，本來就不太有人敢有意見，在見到剛剛那個被割斷喉嚨的倒楣鬼的下場之後，更沒有人敢再多說一句話了。

「你找我有事嗎？」秦皇冷酷的聲音迴響在整個包廂裡，充滿霸氣的語氣讓這句話變得不像問句，像是在逼 Death 說出否定句。

「我要怎樣才能不當殺手？」

秦皇笑了一下，站了起來，靜靜地走到 Death 面前，然後就在 Death 的肚子上用力地踹了一腳。

這一腳的力量竟是可怕的大，身高一百九十公分，全身上下充滿發達肌肉的 Death 竟被踢飛了一段距離，整個人撞在包廂外的牆壁上，嚴重受創的他還因此吐出了一大口血。

「不可能。」秦皇坐回椅子上，用著一貫睥睨人群的眼神看著 Death，說：「除非我死。」秦皇狂傲地笑。

深夜的街道上，Death 的吉普車緩緩地開在道路上，此時他的身上感覺不到一絲的殺氣，只有無限的落寞。

因為剛剛那一踢，斷了兩根肋骨的 Death，深深感受到脫離秦皇的手下、脫離殺手這個行列是多麼困難的事，同時他心中也萌生出了一個想法。

殺了秦皇。

「哈哈哈哈哈！你想要刺秦嗎？咿哈哈哈哈哈！」一陣刺耳的尖笑聲從 Death 的身後傳出，Death 踩下煞車，因為他看到有一個人坐在後座上。

「你是誰？怎麼進來的？」

「這個嘛……我是影鬼，至於我怎麼進來的……我不想告訴你，咿哈哈哈哈哈！」影鬼囂張的笑聲在車子裡迴盪，讓人有一種毛骨悚然的感覺。

Death 伸手一抓，但影鬼就像虛幻的影子一樣讓他撲了個空，接著車門被打開，影鬼一溜煙地閃了出去。

「別跑！」Death 追了出去。

兩人來到路中央，影鬼依舊是那張笑開了的嘴，而 Death 剛才失去的殺氣也在這時候釋放了開來。

「你很想殺他吧！」影鬼用舌頭舔了一下牙齒，再度發出刺耳的笑聲。

「你想幹什麼？」Death 握拳。

「我想幫你。」這次是另一個人的聲音從 Death 的後面傳出來，Death 猛一回頭，看見一個老人慢慢走了過來。

「你是什麼人？」

「我是 Ruse。」老人微笑。

「咿哈哈哈哈哈！秦皇的末日到啦！他要回老家啦！咿哈哈哈哈哈！」影鬼狂放地笑著。

一個禮拜之後，狂霸無道的殺手界一代梟雄被暗殺了，雖然沒有人看到兇手是誰，但那種會把現場破壞殆盡，讓死者徹底享受他的暴力美學而死去的手法沒有他人。

只有他，Death。

「Death，恭喜你走進了黑暗的深淵，咿哈哈哈哈哈！」站在窗邊看著 Death 和思晴熟睡的樣子，影鬼大笑，然後甩開他的斗篷，從二樓的陽台跳了下去。

## 2

自從 Death 殺了秦皇之後，組織內部群龍無首，陷入大亂，每個人都想當頭頭，因此爆發了好幾場流血衝突，由於所有人都是殺手，所以每一次的衝突一定都會有人死亡，組織也因為這樣折損了大半的手下。

於是幾個元老級幹部帶著身邊的親信手下，集合在秦皇被殺之前最常來的酒店裡。

「這樣下去不行，如果一直靠武力要出頭的話，就算最後真的有人因此當上領頭了，組織也會變得不堪一擊。」一個瘦小的男子道。

「我同意，如果真的變成這個樣子的話，到時候那個老不死的一定會趁虛而入。」坐在一旁抽著菸，看上去約莫三十歲出頭的美豔女子說。

「妳是說……Ruse？」

「不是他還會是誰？這個老小子野心這麼大，要不是三年前秦皇用計把他的左右手閻王送進苦窯裡，現在整個台灣的殺手界早就被他拿下來了。」女子把菸蒂彈了出去，然後又馬上點了一根香菸。

「閻王啊……他的確是個怪物。」一個理著平頭的男子躺在沙發上抽著雪茄，撇頭過去看著女子說：「紅蠍，那妳有什麼好辦法嗎？」

「你說……當上頭子的辦法嗎？」紅蠍吸了一口菸，嘴角微微上揚。

只見紅蠍丟掉菸蒂，然後從左右口袋各拿出一把掌心雷，看著在場的所有元老級幹部，笑了起來。

「你們真的很笨啊！要我們聚集在這裡也不會管制一下武器，只要像我一樣帶兩把槍進來，把所有幹部都幹掉，那就不是穩當頭子了嗎？哈哈哈！」

「砰！」一聲槍響，接著倒地的不是在場的其他幹部，而是剛剛掏槍出來的紅蠍，眉心一個彈孔，後腦爆出一個大洞，就在紅蠍的掌心雷落地的時候，剛剛坐在一旁的瘦小男子慢慢站了起來，手上拿著一把手槍。

「真是個笨女人。」然後他轉過去看了其他幹部。「還有誰想領教我的槍法嗎？」

坐在最中間的高大男子突然笑了起來，拍著手，抽著他咬在嘴裡的大雪茄，但那個笑，帶了一點陰邪。

「哈哈哈！『影閃電』這三個字果然不是隨便叫叫的，真不愧是秦皇生前實質的左右手。」接著高大男子迅速地站了起來，一把大得誇張的左輪手槍的槍口抵在影閃電的太陽穴上。

「巨輪，沒想到你從出道到現在還是帶著這麼可笑的槍啊？難怪秦皇老闆一直不看重你。」

「閉嘴！」巨輪把槍用力地在影閃電的太陽穴上敲了一下，影閃電皺了一下眉頭，接著是巨輪的左輪手槍被迅雷不及掩耳的速度給打飛了出去。

影閃電拿槍對著巨輪，這時候剩下的所有幹部全部都站了起來，全部都拿槍指著影閃電。

「你們……」影閃電說。

「仔細想想，紅蠍那笨女人說的真是一點都沒錯，只要殺掉在這裡的所有幹部，不就穩當老大了嗎？」平頭男子看著影閃電說。

「但是我們一全部打起來，得利的一定是最強的影閃電你啊！所以我們有了共識，要先把你殺掉！」另一個戴著墨鏡的男子微笑了一下。

當大家僵持在這種情況下的時候，剛剛大家坐的沙發上不知道什麼時候多出了一個人影，還發出尖銳刺耳的笑聲。

「咿哈哈哈哈哈！自相殘殺啊！那 Death 最開心啦！咿哈哈哈哈！」影鬼的瘋狂亂笑讓大家愣了一下，但當影鬼提到 Death 這個名稱的時候，所有的人卻突然震了一下。

「誰逮到 Death 不就可以名正言順地當上領頭了嗎？」影鬼笑著說。

「你是誰？」影閃電把頂在巨輪頭上的手槍槍口對向影鬼，這時候大家才知道要去注意影鬼這個存在。

「我是影鬼，異界的人。」影鬼竊笑。

「異界？怎麼可能？」巨輪嚇退了兩步，跌在地上，影閃電也瞪大了眼睛看著眼前這個穿著黑色大斗篷，雙眼眼神血紅，全身還隱隱約約散發出不同於在場所有人殺氣的奇異男人，突然感到不寒而慄。

是邪氣，這男人身上的殺氣，已經轉變成不同於殺手散發出來的殺氣的邪氣，影閃電不自覺地向後退了半步。

「異界的人來這裡要幹什麼？」影閃電好不容易才克服心中的恐懼問出這句話，沒想到影鬼一聽到影閃電這麼問，竟又開始大笑了起來。

「咿哈哈哈哈哈！」影鬼縱身一跳，輕輕落在天花板最角落的音響上，音響卻連動也沒動一下，讓在場的所有人看傻了眼。

「我？我是來這裡帶話給你們的，異王大人說要全力幫助你們捉拿你們的叛徒Death。」

「異界跟我們向來沒有往來，異王為什麼無緣無故要幫助我們？」平頭男子道。

「因為殺手殺了頂頭上司叛逃這種事，傳出去對你們聲譽不太好，這次異王大人剛好來到台灣，剛好遇上這種事，他也想幫你們快點解決，免得讓台灣殺手界在世界上被看笑話啊！咿哈哈哈哈哈！」影鬼舞動他的斗蓬，看起來就像一隻蝙蝠一樣。

影閃電看著囂張到極點的影鬼，心中似乎在盤算著什麼，然後他用所有人都跟不上的速度對著影鬼開了一槍，子彈正中影鬼的心臟部位，影鬼就這樣從音響上掉了下來，倒在地上。

當影鬼掉在地上的時候，有些人露出鬆了一口氣的表情，有人露出不屑的表情，只有影閃電的臉色依舊凝重。

「異界的角色這麼弱，還敢來這裡大放厥詞！」巨輪一腳踩在影鬼身上，沒想到卻踩空，只踩到他的黑斗篷。

「小心！」影閃電把巨輪向後一拉，這時候，影鬼的斗篷像龍捲風一樣的捲起，然後影鬼像是剛才躲在地底一樣慢慢從地板上現身，讓所有人看傻了眼。

「咿哈哈哈哈！」影鬼笑到舌頭都伸了出來，看到這種詭異的情況，卻只有影閃電一個人冷靜地微笑著。

「異界的人果然是不同凡響啊！影鬼這兩個字你受之無愧呢！」影閃電把槍收進口袋裡。

「過獎啦！咿哈哈哈哈！」影鬼把斗篷抓了起來，然後從身後的窗戶跳了出去。

包廂內的人驚魂甫定，曾經擔任秦皇左右手的影閃電神態自若地走向包廂門口。

「你要去哪裡？」平頭男子叫住影閃電。

「你看不出來嗎？獠牙？」影閃電點了根菸，看著平頭男子。

「什麼？」獠牙問。

「不管異界要幫我們的這件事是真是假，抓 Death 已經是勢在必行，因為他們已經找了一個有力的人先來給我們下馬威了。」影閃電慢慢走出門口。

這時候的外頭，影鬼輕輕落地，而他前面站了一個老人。

「做得很好，影鬼。」老人說，微笑。

「遊戲開始！咿哈哈哈哈哈！」影鬼一跳一跳地跟著老人離開，消失在人來人往的街道上。

Death 的吉普車停在一棟別墅前，過了半晌，別墅的主人出來迎接 Death。

「疾鷹，真是不好意思。」Death 和思晴坐在別墅內大廳的沙發上，Death 點了根菸，疾鷹也點了根菸。

「你的事我都聽說了，但是要殺秦皇並不是想像中簡單的事，是誰在背後幫你的？」

「疾鷹，真的是什麼事都瞞不過你敏銳的鷹眼啊！」Death 吸了一口菸，接著吐出一口渾濁的白霧。

「但你知道，幹我們這行的，保密是第一要務，不是嗎？」Death 又吸了一口菸。

「說的也是，那你現在打算怎麼辦？帶著你女朋友亡命天涯？」

「這……」Death 愣了一會兒說不出話來，思晴的手也緊緊抓著 Death 的衣服。

疾鷹搖搖頭，拿出紙筆，寫了一個地址，然後遞給 Death。

「騏威，你照這個地址去找一個叫屠軍的，然後他會帶你去找我老闆，你只要跟他說是疾鷹叫你去找他的就可以了，放心，他信得過。」

「你的老闆是……」

「你說的，做我們這行的，保密是第一要務，你見到了就會知道了。」疾鷹倒了兩杯酒，一杯遞給 Death，另一杯拿到思晴面前。

「喝酒嗎？」疾鷹問。

思晴搖搖頭，疾鷹笑了一下，就把整杯酒給喝光了。

「晚上睡這吧！房間已經準備好了。」疾鷹起身，帶著兩人上樓。

正當三人樓梯才走到一半，外面突然傳來了幾聲槍響，思晴躲到 Death 背後，Death 緊張地拔出懷中的手槍，卻被疾鷹給阻止了下來。

「那是我兒子在練習槍法，別擔心。」疾鷹說。

「你有兒子？多大了？」Death 把槍收進懷中。

「還在讀高二，十七歲。」疾鷹看著窗外。「不過年紀小小，卻潛力無限，比我還厲害呢！哈哈哈！」

「那他知道你是……」

「他不知道，而且我也不會讓他成為跟我一樣的人。」疾鷹收起笑臉，嚴肅地朝著樓上走了幾步。

「……」Death 不自覺地向窗外看了一眼，這時候疾鷹的兒子剛好走到落地窗前，跟 Death 四目相對。

「他叫什麼名字？」Death 眼神轉了回來，隨口一問。

「劉凱浩。」疾鷹繼續走上樓。

3

入夜，Death 一個人站在客房的陽台上抽著菸，思晴留在房間裡看著電視。

彈掉菸蒂，Death 走進房裡，走到床邊，把思晴摟在懷裡。

「妳會不會後悔跟我在一起？」Death 看著思晴問。

「你會不會在危急的時候拋下我，跑去跟那些人一決死戰？」思晴反問 Death。

「我不會。」

「那我不會後悔。」思晴笑了笑，Death 輕輕地吻上思晴的唇。

激情地彼此結合，是 Death 與思晴相愛的溝通方式，他們互相需要、互相依偎，思晴溫柔地回應，總是 Death 心中最大的安慰。

他們知道這輩子不能離開對方，也不願意離開對方。

激情過後，思晴沉沉睡去，Death 沖了個澡，點了根菸，靜靜地走到樓下大廳。

疾鷹正在大廳喝著酒、看著電視，見到 Death 走下樓梯，他馬上拿出另一個酒杯，倒了一杯酒遞給 Death。

「還沒睡？」疾鷹說。

「很難睡得著。」Death 一口飲盡杯中的酒，然後深深地吸了一口菸，吐出一團沉悶的白霧。

「我能理解。」疾鷹拿起酒杯啜了一小口。

「像我這種人，真的能夠給思晴幸福嗎？」Death 頭仰著天，閉上了眼睛。

「像殺自己組織頂頭上司的這種事都做出來了，我相信這個決心一定會帶給她幸福的。」疾鷹用裝滿酒的杯子輕輕敲了 Death 的額頭，Death 張開眼睛，接過酒。

「不是嗎？」疾鷹笑了一下。

「謝謝。」Death 微笑，喝了一口酒。

「都這麼久朋友了，客氣什麼？」疾鷹點了根菸，但 Death 在火光閃出瞬間，看見他的神色暗沉了下來。

「怎麼了？」Death 問。

「沒事。」疾鷹吸了口菸，呼出一口渾濁的白霧，卻再也隱藏不了他心中有秘密這件事。

看見疾鷹不想提起的樣子，Death 也沒再問下去，只是再喝了一口酒。

為了逃避組織的追捕，疾鷹把 Death 的吉普車留在自己家的別墅裡，把自己的保時捷給了 Death。

「行程改變了，屠軍出任務去了，你到台北之後，到這個地址去找一個叫夜鴉的，他會帶你去找我的老闆。」疾鷹交給 Death 一張紙。

「這麼麻煩？為什麼不直接讓我去找你的老闆？」Death 說。

「這是我老闆交代的，他說要先安頓好你們之後，才讓你去找他。」

Death聽了之後，若有所思地閉上了眼睛，把右手放在下巴上，食指輕敲著嘴唇。

「我了解了。」Death走進車裡，發動車子。

「後會有期。」Death說，載著思晴駛離疾鷹的別墅。

這時候在疾鷹別墅外面，一棵大樹上，一個身著迷彩服的男子拿下了望遠鏡，看著逐漸遠去的保時捷，嘴角上揚。

「目標出發了，準備狙殺。」男子拿下無線電，跳下樹。

車子奔馳東部濱海公路上，車內播著約翰．藍儂的經典歌曲《Beautiful boy》，輕輕的音樂讓思晴放鬆了下來，但Death還是神色緊繃地看著車窗外。

「騏威，你怎麼了？」思晴發現Death異常的表情不禁問他。

「……」Death沒有回答思晴的話，正確地來說，是因為他太過專注窗外的事物，所以沒有注意到思晴在跟他說話。

這時候微微的殺氣從Death身上散發了出來，甫用手拍上Death肩膀的思晴感到殺氣震了一下。

「思晴，等一下我怎麼說，妳怎麼做，聽到了嗎？」接著Death伸手把思晴的椅子調整到讓她平躺下來。

「有人追來了嗎？」思晴問。

「不要說話，閉上眼睛，等一下不管聽到什麼聲音，都不要張開眼睛，知道嗎？」

「嗯，我知道了。」思晴閉上眼睛。

突然間，一輛黑色跑車從保時捷的左邊竄了出來，副駕駛座的車窗搖下，一把大得誇張的左輪伸了出來。

「去死吧！」左輪手槍擊發子彈，Death把坐墊連人向後倒下，子彈穿過左側玻璃，從另一邊飛了過去，打中了Death右邊車子的駕駛，駕駛的腦袋被直接命中，瞬間開了個花，車子也偏到右邊路肩撞上圍牆，火光迸發。

一聲巨響嚇得思晴想起身看看，Death用手把思晴擋住。

「看了，就沒命。」Death強烈的殺氣擴張，但不是思晴想像中的這麼衝動，於是她安心地躺下，再度閉上了眼睛。

油門踩到底，時速表上指針動得很快，保時捷在車潮裡不斷變換車道，但後面的黑色跑車也緊追不放。

「你跑不掉的。」巨輪連開了幾槍，幾輛車直接被子彈命中，衝撞到其他的車輛，頓時交通大亂。

「該死……」Death掏出腰間的手槍，對著後面的黑色跑車猛扣扳機，但黑色跑車的駕駛靈巧地閃過Death的子彈，反而是讓後面的幾輛車子慘遭池魚之殃。

「停車！我要把你抓回組織！」黑色跑車靠近保時捷，巨輪用槍指著Death大吼。

「我看你是想把我抓回去邀功吧！」Death用力地踩下油門，車子的速度又加快了一些，黑色跑車也不遑多讓，一直咬著保時捷的車後燈。

「不能再快一點嗎？」巨輪對著駕駛說。

「巨輪，你太小看我屠軍了。」屠軍的嘴角微微上揚，踩下油門，車子急速接近前方Death開的保時捷，眼看就要撞上去的時候，這時他踩下煞車，把方向盤用力地向右旋轉，黑色跑車因為慣性而使車側向滑行，而車頭剛好滑到Death的正左方。

「真是有一套啊！」巨輪看著擋風玻璃前的Death，Death也看著巨輪，然後他給了巨輪一根中指。

「什麼？」巨輪瞪大了眼睛。

突然間，Death的保時捷減了速，屠軍快速地把方向盤向右轉到極限，黑色跑車轉了個方向，車頭和保時捷變成面對面。

「想來個正面對決嗎？」Death踩下油門，看著黑色跑車的車頭越來越近。

「屠軍！你想幹什麼？你想跟他玉石俱焚嗎？」巨輪緊張地抓著車內的拉把大喊。

「他沒有那個膽子會跟我們正面對撞的，畢竟他車上還有一個他無論如何都不能犧牲掉的人。」

「你是說……那個女的？」巨輪說。

屠軍點了點頭。

兩輛車依舊極速駛近，雙方車上的時速表都超過一百公里，而兩旁的車子停的停、毀的毀，給了兩人極佳的戰鬥空間。

Death 看著眼前開著黑色跑車的屠軍用著相當有自信的眼神看著自己，Death 馬上知道屠軍的意圖。

「原來是這樣。」千鈞一髮之際，Death 在兩輛車即將撞上之前，用力地把方向盤向右轉到底，在轉方向盤的同時踩下煞車，然後再立刻踩下油門，把方向盤用力地向左轉。

「什麼？」巨輪一驚，因為眼前 Death 的保時捷突然翻了起來，不只是這樣，車子還只靠右邊的兩個輪胎繼續向前進。

「快點追啊！」巨輪大喊，但屠軍卻完全沒有迴轉的意思。

「你在幹什麼？追啊！」

「來不及了……」屠軍踩下煞車，卻也來不及阻止黑色跑車迎頭撞上迎面而來的大貨車，瞬間一聲巨響，接著火光四起。

保時捷回到四個輪胎都貼在地面的行駛方式，Death 回頭看著後方的火焰，轉了回來。

「結束了嗎？」思晴慢慢地把椅背升了上來。

「嗯，暫時是這樣子。」Death 點了根菸，然後他把車內的音樂轉到最小，只讓一點音樂進入耳中，緩和自己激動的情緒。

另一方面，在 Death 的後方，大貨車前方的火焰裡，一個全身上下佈滿大大小小灼傷以及其他傷痕的男子走了出來。

不理會眾人的驚訝，他拿出口袋裡看起來還能用的手機，打了出去。

「喂，是我，屠軍。事情已經辦妥了，巨輪死了，現在他往台北過去了，剩下就是你們的事了。」掛上電話，屠軍把手機丟進火焰裡，接著他持槍搶了一輛車就逕自離去。

# 4

「接下來是社會新聞，今天早上八點半，在蘇花公路上發生了一起嚴重的車禍，除了有數十輛大小車輛在車禍中嚴重損毀之外，死傷人數也高達六十五人，其中有些人受到槍擊，根據目擊者指出，現場是一輛保時捷和一輛黑色奧迪內的駕駛互相開槍射擊，警方不排除是黑幫尋仇，目前已經鎖定幾個幫派開始清查，記者徐廷福報導。」

電視被關掉，放下遙控器之後，坐在桌子旁的刑警點了根菸。

「阿龍，上頭要我們辦這件案子，你怎麼看？」

「那個死小平頭老是叫我們兩個辦一些特別棘手的案子，然後我們出生入死，他輕輕鬆鬆邀他的功，操！」龍顯一腳把一旁的椅子踢倒，然後掏出菸盒裡的菸，叼在嘴巴裡。

「誰教你是局裡公認的神探呢？」刑警拿出打火機，幫龍顯點了菸。

「不好意思喔，局裡的神探應該是你這位『神探亞風』吧！哪時候變成我是神探啦？」

「這真是天大的冤枉啊！我抓的犯人可不及你這位『神探龍顯』的一半呢！要不是你老是在言語上頂撞上頭，我看你早就升副局長了。」

「我聽你放屁。」龍顯吐出一口煙。

一陣鈴響，亞風把口袋裡的手機拿了出來，看了看來電顯示。

「喂，我是亞風。」亞風微微地把頭自龍顯的眼神中轉開，然後聽著電話另一頭的聲音。

「我了解了，我馬上去。」亞風掛上電話。

「你老婆？」龍顯問。

「是我的上司。」亞風把手機收進口袋裡。

聽到這句話的龍顯，不解地看著亞風說：「你腦袋有問題啊？你上司不就是我上司嗎？」

「哦！對啦！哈哈哈！最近腦袋不太清楚，抱歉抱歉。」亞風抓抓頭。

「我看你是菸抽太多了。對了，那個死小平頭找你幹嘛？」龍顯把菸捻熄在菸灰缸裡。

「沒什麼事啦！找我過去講講話而已，我先走了，晚上再找你去喝酒。」說著，亞風收拾起東西，準備要離開。

「還要辦案，喝什麼鬼？明天記得準時來上班就好了，真是受不了你。」龍顯又點了一根菸。

「也對，那我先走了。」亞風轉身離開辦公室。

「……」龍顯看著亞風離去的背影，心中油然生起一股怪異的感覺，卻又不知道該怎麼形容。

「管他的。」龍顯聳聳肩，又吸了一口菸。

停車場，亞風坐上自己的SUZUKI，臉色沉了下來，眼神中散發出一個刑警不應該有的殺氣。

發動車子，他緩緩駛離了刑事局。

豔陽天下午，Death和思晴走在台北市人潮洶湧的街道上，那輛傷痕累累的保時捷在Death下交流道時就停在路邊了，因為再繼續開那輛車的話一定會引來許多麻煩。

「到了。」Death看著門牌上的地址，一棟豪華的大樓。

「那我們現在要進去嗎？」思晴問。

「我也想，但是他沒有跟我說幾樓。」Death無奈地笑，思晴也笑了一下。

汽車引擎聲慢慢接近兩人背後，駕駛散發的強烈殺氣讓Death察覺到，Death下意識地轉過頭去，坐在SUZUKI裡的男人對他笑了笑。

「夜鴉？」Death問，手卻是慢慢地伸進口袋，握住他大衣口袋裡的手槍。

車上的男人下車，伸出手做個擋住Death動作的手勢，說：「別急著掏槍，我是夜鴉沒錯。」

Death聽了之後，慢慢地把握住槍的手放了開來，但手還是放在口袋裡。

「你是Death，久仰了，果然十分有霸氣。」夜鴉伸出手要跟Death握手，但他只是瞄了一眼就用手撥開了夜鴉的手。

「我不是來這裡交朋友的。」Death依舊冷酷的臉，夜鴉自討沒趣地笑了笑。

「也對，上車吧。」夜鴉說。

兩人上了車，夜鴉把車開進了大樓的停車場，兩人隨著夜鴉進了電梯，來到了頂樓。

「這整座大樓都是我老闆的，他特別安排了最好的房間給你們，你們就先安心地住下來吧！晚一點我會來接你過去我老闆那裡。」夜鴉說完之後，準備要離開，而他在經過Death的時候，Death用手擋住了他的去路，他不解地回頭。

「條子？」Death 看著夜鴉。

夜鴉先是一愣，接著笑了出來。

「你怎麼發現的？」夜鴉小聲地說。

「我對那些臭條子特別敏感，看來你是當條子當太久了，已經染上了他們的臭味。」Death 把擋住他的手放了下來。

「早上在蘇花公路那是你幹的？」夜鴉問。

「你明知故問。」

「呵呵，你很聰明，我想我老闆會很喜歡你。」整了整西裝外套，夜鴉緩緩離開了房間。

看著夜鴉離開了房間，Death 從口袋拿出一個皮夾，皮夾裡有一張刑警證，而上面的名字寫著「徐亞風」三個字。

「不是我聰明，是你太笨。」接著他把皮夾收進口袋裡。

過了幾個小時，太陽漸漸地落下，夜晚的黑暗籠罩了大地

新月，相對於地面上的燈光、人群繁華的喧囂，天空什麼都沒有，只有一片黑暗。

Death 站在陽台，閉上眼，靜靜地感受著夜風的輕拂，耳朵裡聽著城市的喧囂，他

的心中卻異常的平靜。

剛洗好澡，從浴室出來的思晴靜靜地走到 Death 身邊，勾住他的手，輕輕地把頭枕在 Death 寬闊的胸膛上。

「很久沒有看見你心情這麼平靜過了。」思晴說。

「可能是因為離開了過去那個充滿殺戮的地方了吧！有一種解脫的感覺。」Death 伸手，把思晴擁入懷裡。

「叩、叩、叩」兩人身後響起敲門聲，Death 走到門前把門打開，夜鴉一個人站在門口。

「走吧，我老闆要見你。」

「好，我馬上來，你先下去等我。」

「嗯。」夜鴉轉身離開，Death 順勢把皮夾迅速地塞回他的西裝右邊口袋，然後稍微地把門往外再推一點，讓門輕輕地碰了一下夜鴉的右口袋。

「不好意思。」Death 向後把門拉上。

「哼。」夜鴉冷笑，然後用手掌拍了拍西裝右口袋。

「我去去就來，記得把門鎖上。」拿起夾克，Death 輕輕地摟住思晴，然後轉身離開房間。

# 5

「關於稍早報導的蘇花公路連環車禍案，目前警方已經在台北市內湖區的交流道下找到疑似肇事的保時捷，警方已經在現場拉上黃色封鎖線，關於這場嚴重的車禍，台北市刑事局非常關切，局長侯仲寬現在也在局內召開記者會說明，我們馬上把鏡頭轉到在 SNG 現場的記者梁紀哲。」

「是的，主播，關於這起案件警方非常重視，侯局長也承諾會盡快解決這件案子，請社會大眾放心，現在我們來聽聽局長怎麼說。」

鏡頭轉到被記者和麥克風包圍的刑事局長的臉上，只見他表情凝重地看著眼前的攝影機和記者群，久久未吐出一句話，這時後面一名刑警把其中一支麥克風搶了過去，對著所有人大喊：「你們放心好了！我們一定會抓住這個狂妄的人，給你們一個交代的！」

龍顯抓著麥克風大喊，刑事局長被龍顯這突如其來的舉動嚇了一大跳，但也為龍顯這個放膽的行徑露出難得自信的微笑。

「沒錯！我們一定會將他們繩之以法的！」局長把麥克風拿了過來，用著他一貫的自信語氣說。

另一方面，台北市，地下酒吧 SICKLE 門外。

「就是這裡了，裡面只有我老闆一個人，我就送你到這裡，接下來你要自己進去見我老闆。」夜鴉轉身走上樓梯，Death 才把門推開了一道縫，就回頭過去把他叫住。

「等一下。」

「什麼事？」

「我一直在想，我可是殺了秦皇的人，而現在殺手界裡至少有三分之一的殺手都在通緝我，加上我早就已經是黑道獵捕的目標之一了，你的老闆竟然敢在這個時候收留我？」

「你怕我老闆只是假裝要收留你，其實是要抓你？」夜鴉轉過來面對著 Death，手插進口袋裡。

「不，我相信疾鷹，他不會騙我。」

夜鴉輕笑了一聲。

「笑什麼？」Death疑惑地看著夜鴉。

「沒什麼，只是你既然相信疾鷹，為什麼還有所顧慮呢？」

「因為我猜你的老闆，是我之前老闆秦皇死對頭的殺手之神，Ruse。」

聽到這句話之後，夜鴉已經不是輕輕一笑了，隨之所替代的是帶著讚嘆的大笑：「你真的很有頭腦，難怪我老闆會看上你，你的確不只是個沒有大腦的破壞狂而已。」

「廢話。」Death轉身將門推開，留下夜鴉一個人在樓梯間。

「疾鷹可信……是嗎？」夜鴉轉身離開。

「歡迎你。」一個年過半百的老人坐在空無一人的酒吧吧檯裡，舉杯，看著Death。

「我早該猜到。」Death向老人走了過去，一把接過杯子，將杯子裡的酒一飲而盡。

「現在猜到也不晚。」Ruse又把酒杯斟滿，遞到Death面前的桌子上。

「你用計讓我殺掉秦皇，然後讓我來投靠你，的確很高明。」Death喝了一口酒，說：「但，我憑什麼相信你，憑什麼幫你？」

「你不必相信我，也不必幫我。」Ruse倒了一杯酒給自己，喝了一口。

「什麼？」

「就當我是英雄惜英雄吧。」

「我看你是要藉我的力量削弱秦皇組織的實力，好讓你可以輕鬆地統一台灣殺手界吧。」

「你的確很聰明，但我相信聰明的人會識時務。」

「當然，我要防止組織圍剿的話，一定得借助你的力量，而你可以趁這機會一口一口吞噬掉整個殺手界，畢竟除了秦皇組織之外，其他的小角色你都不放在眼裡。」

Death 抬頭看著 Ruse。「這是雙贏。」

「正確，對你對我，的確是這樣。」

「有意思，我就跟你合作。」

「聰明。」

Death 將杯中的酒一飲而盡，然後轉身離開酒吧。

Death 離開之後，影鬼從 Ruse 身後的門內走了出來。

「喀喀喀，看來 Death 已經走入陷阱了呢。」影鬼笑了開來，幾乎要咧到耳垂的嘴巴大開，看起來格外恐怖。

「走吧，咱們去見異王。」Ruse 說。

「OK！咿哈哈哈哈哈！」

## 6

台北市某間酒店，VIP 包廂裡。

一張大圓桌在包廂中央，兩邊各有一張大沙發，圓桌的一邊站著一群穿著一襲黑西裝，全身充滿殺氣的男子；而另一邊則是一群穿著奇裝異服，卻一點殺氣也沒有散發出來的男男女女。

影鬼站在穿著奇裝異服的男女最前方，用他一貫陰邪的眼神看著另一邊的人。

兩邊沙發上只各坐了一個人，散發著微微殺氣、雙手手掌交叉放在拐杖上的是 Ruse；而蹺著腳、留著大鬍子，嘴角叼著一支雪茄，眼神既恐怖又銳利的男人，正是其組織分布世界各地，最強大的殺手集團首領，異王。

「感謝異王大人將影鬼借給我，如果沒有影鬼，恐怕我的計畫不會這麼快實現。」Ruse 恭敬地說道。

聽到 Ruse 這麼說，異王卻噗哧一聲笑了出來，接著他快速地彎下身，把右手靠在桌子上，手指著 Ruse。

「你這個只會耍嘴皮子的老頭，倒是挺會說話的，你的頭腦應該比在場的每一個人都厲害吧。」接著他大大地吸了一口雪茄，吐出濃濃的白霧，向後躺在沙發的椅背上，雙手平舉放在椅背的邊上，看著Ruse。

「不敢當，我只是這個小島上的無名小卒，怎麼能跟您比呢？」

「哈哈哈！我早知道你的來歷，無名小卒？如果戰爭不是這麼快結束的話，你的才能足以讓你登上史冊，不是嗎？」

「過獎了。」

「話不多說，我這次來台灣，不為別的事，我想向你借個人，所以我才甘願把影鬼借你一段時間。」異王看了影鬼一眼，影鬼收起那陰邪的眼神，表示出恭敬的態度。

「我知道，當時您來的時候就有提起，不知道您是想跟我借我旗下的哪位殺手呢？」

「閻王。」

Ruse苦笑了一下，說：「不瞞您說，閻王已經被送進監牢，至今已經三年了，如果不是沒辦法把他弄出來，我也沒有必要向異王您借人了不是嗎？」

「嘖嘖嘖。」異王搖搖頭。「是真的嗎？」

異王用著懷疑的眼神盯著Ruse看，Ruse輕輕笑了一下。

「不知道是什麼艱難的任務，困難到需要閻王出馬才行呢？」

「你不用知道。借，或不借？」

面對異王如此極盡霸道的態度，Ruse了解現在識時務才是上策，他把右手舉了起來，比了個五。

「就五天。」

「綽綽有餘。」語畢，異王起身走向門口，那群奇裝異服的男男女女隨著異王走出門口，影鬼依舊站在原地。

「兩天後的凌晨十二點，我要在台北的松山機場見到他。」異王離開門口之前，留下了這句話。

「接下來怎麼辦？真的要把閻王弄出來？可是他……」異王走了之後，站在Ruse身後的一名穿著黑西裝的手下擔心地對他說。

「我知道他搞的事，不用特別提醒我。」拄著楞杖，Ruse起身準備離開包廂。

「影鬼，以你的速度，把閻王從監牢裡弄出來需要多久時間？」走到影鬼面前，Ruse問他。

「我想想……有點困難耶！我需要半小時左右。」影鬼歪著頭，舌頭舔著他嘴裡的牙。

「太慢了。」Ruse 經過影鬼走出包廂，影鬼則和其他手下跟在 Ruse 的背後跟著走出去。

「你手下有什麼比較有特殊才能的人嗎？影鬼？」

「有，有一個很好用的人，剛好可以派上用場，咿哈哈哈哈哈！」

「是誰？」

「是個女人，她叫萬相。」

「很好，把她帶過來我那邊，盡快。」

「沒問題，咿哈哈哈哈哈！」影鬼揮舞斗篷，從酒店三樓一躍而下，消失在一樓中庭。

除了那種想都不想就往下跳的舉動讓大家看傻了眼之外，那一瞬間就可以消失在人群之中的這種幾近恐怖的速度，讓所有站在 Ruse 身邊的手下個個感到不寒而慄。

「走吧，沒什麼好看的，這就是異界的人。」

是啊！異界的人。異界這兩個字本身就能讓人清楚地了解，能待在這個組織裡的絕對不是一般人，更不用說是一瞬間就能消失在人群裡的影鬼了。

一想到這裡，讓他們不禁想到剛才異王身邊那些奇裝異服的人，每個人都擁有不一樣的這些不可思議的能力，他們直打了個哆索。

入夜，Death 站在陽台邊吹著夜風，北台灣的晚風和南台灣比較起來多了點潮濕的氣味。

「在想什麼？」思晴從他背後伸出一雙溫暖的手環著他的腰際。

「沒有……我不知道這樣是好還是壞。」

「你說跟 Ruse 聯手嗎？」

「嗯，我感覺那個老頭並不是真心地要幫助我，但是眼前又不得不跟他聯手……」

Death 眉頭深鎖，思晴依舊緊緊抱著他。

「別想太多，先把現在的問題都解決了，再來煩惱 Ruse 的事吧，好嗎？」

「嗯，我知道了。」

「叮咚！」

門鈴聲響起，思晴進屋裡開門，門外站的是 Ruse，還有影鬼。

「這麼晚了有什麼事情嗎？」Death 走上前，並且伸出手將思晴輕輕推到他身後。

「有任務，現在。」

「現在？」Death 詫異。

「殺手執行任務還有分幾點的嗎？」Ruse 微笑。

「也是，內容？」

Ruse 沒有說話，只是一直盯著 Death 身後的思晴看。

Death 恍然大悟，轉過去對思晴說：「妳先進房間。」

「嗯。」思晴離開門口，走進房間，在進房之前還用著很擔心的眼神看了 Death 一眼。

Death 給了思晴一個「放心吧！」的表情，她才安心地進了房間。

「說吧。」Death 帶著 Ruse 和影鬼坐在客廳的沙發上。

「獠牙到台北了，他帶著他的手下在台北到處搜索你。」

「什麼？」

「我可以派我旗下的三名殺手，還有他。」Ruse 用大拇指指了一下坐在旁邊的影鬼。「幫助你在今晚消滅他們。」

「今晚？你知道他們在哪？」

「呵，如果沒有十足把握，我也不會來到這裡了。」Ruse 那充滿自信的眼神，無疑是給 Death 打了一劑強心針。

Death 把手放在下巴上，食指輕敲著嘴唇，說：「我明白了，等我一下。」

走進房間裡，思晴睜著大大的眼睛看著他，他輕輕地把思晴擁進懷裡，在她的耳邊說：

「我去去就來。」

拎起放在地上，那裝滿武器的背包，Death 走出房門。

「走吧。」Death 說。

另一方面，新北土城看守所。

「我先走了，你好好看守啊！」一名警察脫下帽子走出門口，對著一名站在門口的警察說。

「對了，你不是要放一個禮拜的假去旅遊嗎？從帛琉回來的時候記得幫我帶一些當地名產啊！」

「好好好！沒問題。」那名警察走到人行道上，卻在走到一半的時候不小心撞倒了一名面對他走過來的女人。

「妳沒事吧？」他蹲下去看了看她，她沒有抬頭，只是張開了嘴巴。

「你沒事吧？」那女人將剛才警察問她的話重複了一次，而且用的是那個警察的聲音。

他瞪大了眼睛，踉蹌地向後跌了一大步，而那個女人抬起頭來看著他，露出陰邪的笑容。

「你的身分，暫時借我用一下。」

「呼啊！好無聊！」守門的警察打著哈欠，無聊地看著四周，然後他看見不久前才剛離開的那名警察走了回來。

「嗯？阿銘你回來幹什麼？」他問。

「沒有，我有些東西忘了拿。」沒有再多看守門的警察一眼，她逕自向裡面走去。

「這小子越來越奇怪了……」沒有多作懷疑，他打了個哈欠之後繼續守門。

黑暗的長廊，只有一個人的腳步聲，他慢慢地走進其中一間牢房，然後從窗戶往裡面看了看。

「是閻王嗎？」她問。

「你是誰？原本的那個警察呢？」雜亂的雪白長直髮遮住了閻王的臉，卻遮不住那隱藏在長髮之下，一雙令人不寒而慄的眼神。

她大笑，撕下臉上的面具，看著在牢房裡的閻王。

「果然犀利，不愧是我們老闆指定要的人。」

「你老闆？」

「異王知道嗎？」

「如雷貫耳。」

「Ruse 跟我們老闆達成協議，要把你借給我們異界五天，所以派我萬相來救你出來，五天之後，你就得回來。」

「Ruse 的命令？」

「是交換條件。」

閻王低頭想了一下，然後他撥開擋在眼前的長髮，站了起來。

「開門吧，麻煩換你蹲在裡面等我回來了。」

「連怎麼救你都猜到啦？真是一點都沒有趣味性。」萬相一邊嘟囔著，一邊扮裝成閻王的樣子。

「這樣就完美無缺了。」看著眼前被扮裝成警察模樣的閻王，萬相忍不住噗哧一聲笑了出來。

「笑什麼？」

「還好守門的警察看起來還滿笨的，不然憑你全身的殺氣，一定是過不了門口那一關的。」

「我要出去，還沒人擋得住我，我會依你要求扮成這樣，是因為Ruse他也不想我出去太惹人注意，不然他也不會答應換人這個條件。」

「是是是，其實你還滿性格的呢！我想我對你有點好感囉。」扮成閻王的萬相笑著，讓真正的閻王不禁白了他一眼。

「我走了。」關上牢房的門，閻王朝著門口走去。

過了門口，守門的警察熱絡地跟他說了聲再見，扮成警察之後的閻王不發一語，他只好無趣地搔搔頭。

「這小子怎麼又像換了個人似的？」他自語。

離開看守所一段距離之後，閻王口袋裡那支剛剛萬相交給他的手機響了起來，他接起電話。

「喂，是Ruse嗎？嗯，我知道了，我會馬上過去。」

掛上電話之後，閻王隨手把手機丟在地上一腳踩碎，然後踢進一旁的水溝孔裡。

《殺手獵人 K.H.》Case One，完。

# 外傳．閻王

## 1

內政部警政署——

一間會議室裡，滿滿的都是凝重的氣氛，警政署長聽著許多高階警官的報告，都是有關最近在台橫行霸道的殺手。

「關於這些殺手，目前真的難以掌握他們的行蹤，不管是任何搜查都有辦法躲過。」台北市警察局局長指著白板上的資料說。

「最近的殺手越來越聰明了，以前還可以依線索抓到幾個，現在卻是一點蛛絲馬跡都查不到。」

警政署長眉頭深鎖，不斷地看著資料，大夥兒見署長這般模樣，心中的無力感也油然而生。

這時一位資深刑警手舉了手，署長示意讓他說話。

「龍顯，你有什麼要報告的嗎？」署長說。

只見龍顯走到白板前，拿出一張黑色的卡片，然後用磁鐵貼在白板上。黑底白字，寫著一個像K卻又不是K的符號。

大家看到這張卡片嚇了一大跳，這時桃園市警察局局長站了起來。

「龍顯，你這是什麼意思？」他說。

「沒有別的意思，我想大家應該很熟悉這張卡片的主人是誰吧？」

「是最近這三年，在台灣各地殺了許多知名殺手的殺手獵人吧。」署長看著白板前的龍顯說。

「是的，署長。」

「你現在拿出這個東西，難道你是想……」

「沒錯，既然大家目標一致，那麼何不讓他替我們殺了我們要抓的殺手，那我們不是更省事？」

說到這裡，所有的高階警官們簡直不敢相信龍顯所說的，畢竟一般刑警不可能這麼說話。

「不可能！他是個犯罪者，也是我們要抓的目標，怎麼可能跟他合作？」刑事局局長對於剛剛龍顯的發言大怒，拍桌子站了起來。

「這種藐視人權的作法，我們絕對不可以苟同！」

「龍顯，虧你還是一個有資歷的刑警，你講出這種話，根本就是侮辱了警察兩個字！」

對於大家毫無止境的辱罵，龍顯完全不予理會，只是用一種很有自信的眼神直盯著署長看。

署長笑了笑，說：「很有意思。」

「那麼，署長你的意思是……」

「龍顯，我並沒有支持你的想法。」署長起身走向門口，在手剛放在喇叭鎖的時候，轉了過來。

「我只是想測試KH有沒有傳說中這麼厲害。」署長說完之後轉開門把，走了出去。

而龍顯也笑了一笑，拿走貼在白板上的黑色卡片，不管還在會議室裡發愣的，各地來的局長、刑警們，就逕自走出了會議室。

台北市郊外樹林裡，傳出一陣陣的槍聲，KH 正在樹林裡練習他的槍法，一片片落下的樹葉只要進入 KH 的視線範圍，就會被不偏不倚地打穿一個洞。

「今天狀況還不錯。」KH 停下來坐在地上，慢條斯理地換彈匣，突然他的手機響了起來，KH 拿起了手機。

「是那個臭老頭……」他自語，然後按下了通話鍵。

「有急事，快點回來。」Ruse 匆匆說了幾句就掛斷電話，KH 除了疑惑之外，還感到一絲的不安。

匆忙地回到 SICKLE，KH 看到 Ruse 臉色凝重地坐在吧檯裡面，桌上還放著幾個牛皮紙袋。

「這些該不會是……」KH 坐了下來，看著桌上的牛皮紙袋。

「沒錯，這些都是殺手的資料。」

「這次要一次殺這麼多？太誇張了吧！」看著桌上十來個牛皮紙袋，他無力地躺在椅背上。

「沒錯，而且這都是警方託你去殺的，這裡面都是被通緝中的殺手。」Ruse 從酒架上拿了一瓶威士忌，倒了一杯給 KH。

「警察？你什麼時候成了條子的走狗啦？而且也太奇怪了吧！條子怎麼會想要跟

我們合作，他們不是也想抓我嗎？」KH 喝了一口酒，拿出口袋裡的菸盒，點了一根菸。

「這個你不必知道。」Ruse 也喝了一口酒。「總之，殺就對了。」

「價碼？」KH 說。

「你全部殺完了我就給你，不會少的。」

「那也要我有命拿才行。」KH 把才吸了幾口的菸捻熄在菸灰缸裡，然後把桌上的牛皮紙袋收到他帶來的背包中，就這樣走出了酒吧。

另一方面，龍顯來到了土城看守所，準備實行他真正的目的。

黑壓壓的走廊，瀰漫著詭異的氣氛。龍顯，還有幾個看守所的人員走在走廊上，腳步聲的回音環繞在走廊裡，更顯得詭譎恐怖。

「就是這間嗎？」龍顯問。

「沒錯。」

「打開它。」

看守所人員打開了龍顯眼前這間牢房的門，龍顯慢慢把門打開，裡頭只有一個滿頭白髮，但實際年齡卻是只有三十餘歲的囚犯。

而且，他曾經是個殺手。

「你是誰？」囚犯虛弱地看著眼前的龍顯，雙手雙腳都被銬住的他無法移動，只能用充滿殺氣的眼神盯著龍顯看。

龍顯看了看他，似乎對他的眼神感到非常滿意，他一步步慢慢走近囚犯，然後在他面前蹲了下來。

「我叫做龍顯，我是來解救你的人。」

「解救我？我殺了這麼多人，你要怎麼解救我？」

「很簡單，只要你再殺一次人，你就會被釋放。」

「什麼？」他不敢相信地看著眼前的龍顯。再殺一次人？自己是因為殺了人才進來這個暗無天日的地方的，現在竟然再殺一次人就能被釋放？

「沒有問題，要我殺了誰？」囚犯緊緊地握住拳頭，全身的殺氣再也藏不住的全部釋放了出來，連站在外面的看守所人員都感到不寒而慄。

面對囚犯的氣勢，龍顯卻一點動搖都沒有，他站起身，看著坐在地上的囚犯說：

「Killer Hunter。」

「是……他？」囚犯一聽到這個名字，他的全身開始發抖，但所有人都看得出來，他是因為興奮而發抖。

「沒錯，就是他。」

「我早就聽過他的名字，很想跟他來一次生死對決，可惜我竟然被關在這監獄裡，十年了……十年了……」囚犯猛然地站了起來，看守所人員嚇了一大跳，正準備要衝進來壓制囚犯的時候，龍顥雙手一舉，擋住了所有人。

「要我殺了他，你們應該會先放我出去吧。」囚犯望著鐵欄杆外的幾個人，冰冷的雙眼掃過，讓所有人的雞皮疙瘩都冒了出來。

「沒錯，但不是現在。」悠然自若地回答，龍顥絲毫不受其影響。

「只要能夠出去就好了，我急著要把他碎屍萬段呢！」囚犯握緊了拳，指甲陷進肉裡，連血都流了出來。

「別急，會有機會的。」龍顥轉身離開了牢房，看守所人員把門鎖上，這時候只聽得到剛剛那名囚犯囂張的笑聲響徹整間看守所。

「我等著你的精采表現，閻王……」

## 2

「殺手……整天躲在家裡叫殺手，我看殺豬比較快。」KH握著手中的狙擊槍，站在公寓的樓頂發牢騷。

這是KH接到殺人單子之後的第三天，這三天以來他才殺了兩名殺手，而且都是待在家裡閒閒沒事幹的殺手。

狙擊鏡裡的世界，只有映出安逸殺手的腦袋，沒有戰鬥的狀況下殺人，其實對KH來說一點意義都沒有。

「算了，還是早點解決早點交差好了，管他那些條子想要幹嘛。」右眼回到鏡頭上，右手食指也扣上扳機，準備按下去。

正當KH的手指正要按下去的時候，他感覺到一股強烈的殺氣刺上他的背，一股冷冽的氣息讓他的手指僵硬，朝著發出強烈殺氣的後方看去，他發現一個男人站在他的背後。

「嗯？」嚇了一跳的KH警覺地向旁邊跳開，這時男子手中的開山刀一落，把KH的狙擊槍砍成兩段。

KH翻了兩圈，迅速地跳起身，順勢抽出懷裡的沙漠之鷹，指向手中拿著刀的男人。

「KH果然不同反響，警覺性真高。」男人用著獵人看獵物一般的眼神直盯著KH，還有那像鬼魅一般的可怕嗓音。突然間，KH感到全身的寒毛都豎了起來。

穿著整齊的白襯衫、白西裝、黑色領帶和黑色大衣，而最顯眼的還是他那一頭白髮還有那雙泛著詭異暗紅色的瞳孔。

「你是誰？」KH把槍上膛，因為直覺讓他很明白，眼前這男人絕對不簡單。

「閻王。」閻王不疾不徐地從懷中掏出一把左輪，瞄準KH。

閻王，KH想到Ruse跟他說過的一名傳說中的殺手，就是叫做閻王。

「這個閻王是怎麼樣的殺手？」KH隨手把玩著手中的機車鑰匙，口中吐著煙圈。

「嚴格來說，他並不算很厲害，槍術也不是到神準的地步。」

「那他怎麼能算是傳說中的殺手，而且他還被抓了不是嗎？」

「這個嘛……如果你有生之年有幸碰到他，你就會知道了。」

「我看你根本就是危言聳聽。」KH喝了一口酒。

「那我現在還真算是三生有幸了……」KH小聲地說，並笑了一下：「你是要來帶我去地獄的嗎？」

「我是來探路的，順便來看看你值不值得讓我跟你生死相搏。」

「怎麼樣才算值得呢？」

「六槍。」閻王帶著完全自信的聲音說。

「六槍？」

「我的左輪只有六發子彈，我們互開六槍，如果我傷得了你，那表示你不值得我跟你生死相搏，我會用我剛剛砍你的那把刀子，了結你。」

「反之，如果你傷不到我呢？」

「那我會另訂時間再戰。」

閻王慢條斯理地裝著左輪的子彈，一副胸有成竹的樣子，這時候KH才想起一件事。

「你剛剛好像都沒有提到我傷到你的話，該怎麼做。」

這時正在裝最後一顆子彈的閻王的手停了下來，看著KH說：「放心，你傷不到我。」

KH對閻王的自信感到驚訝，但眼前的這個人畢竟是Ruse曾提過的傳說中的殺手，所以他絲毫不敢大意。

閻王子彈裝完，轉上輪子，這時候KH搶先開出一槍，試圖壓制住閻王的攻勢，沒想到這一發卻沒打中。

這是從一般人的眼睛中看見的，但是從KH擁有極佳動態視力的眼中，看到的是閻王以極微小的差距，躲開了KH的子彈。

「難道說……」KH又連開四槍，雖然瞄準的都是閻王的腦門，但是子彈一到閻王的視線範圍之後，別說是腦門了，連根頭髮都沒碰到。

「我想你應該猜到了，如果我不是太高估你的話……」話說完，閻王對KH的心臟部位連開了六槍，槍槍都打中KH心臟的附近，KH睜大了眼睛，倒了下去。

「真是廢物……」閻王不屑地看著倒在地上的KH，然後轉身離去。

只是他才走了半步，就警覺到一件非常不尋常的事。

血，沒有流血。

閻王猛一回頭，看見KH手中的沙漠之鷹正對著他，接著是砰的一聲，子彈從槍口飛射出來。

「我還有一發呢。」

子彈伴隨著高速切開空氣的氣勢飛了過來，閻王身體偏了一下，但是子彈還是擦過了他的臉頰。

溫熱的血液從閻王的右頰流出，閻王用手抹了一下。

「防彈衣，是吧。」冷冽的眼神依舊，但現在似乎多了一點高興的感覺。

「原來你擁有『絕對動態視力』，難怪你能成為傳說。」

絮亂的白色長髮隨風搖擺，閻王雙手一抓，把長髮拉到頭後綁了起來。

「你的觀察力很好，但是，我讓你驚訝的絕對不只眼睛這麼簡單。」閻王把槍收進懷中，然後把領帶拉開。

「等我們決戰的時候，你才會知道我的恐怖。」說完閻王走向逃生梯，慢慢消失在樓梯口。

「恐怖……是嗎？」KH 微笑了一下，爬起身，舉起了手中的沙漠之鷹，朝自己的右後方射去。

一聲慘叫，隨即是被剛才兩人槍戰所引來的警察車的警笛聲，KH 脫掉防彈大衣，緩緩地離開公寓頂樓。

「你說你遇到閻王？」Ruse 說。

「他自己承認的，所以我想應該就是了吧。」KH 吸了一口菸，卻因為肋骨骨折且傷到肺的關係，咳得很嚴重。

「傷得這麼重？」Ruse 遞了一杯酒給 KH。「喝了比較不會痛。」

「他的槍應該不是普通的左輪吧？」

「他不可能用普通的武器，因為他不是平凡人。」

「的確是這樣，因為他給了我跟你一樣的感覺。」KH 喝了一口酒。

「可能吧，因為他曾經是我的搭檔。」

「什麼？」KH 嚇了一大跳，手中的酒杯差點沒有掉下去，他看著 Ruse，Ruse 卻用著懷念的神情看著天花板。

「你想知道嗎？關於他的過去。」

「你想屁就屁，要求你搞不好你還要跟我收錢。」KH 把菸熄掉，輕輕地把手放在受傷的胸口。

Ruse 笑了一下，一口把半杯的伏特加喝光，然後拿了 KH 放在桌上的香菸，抽出一根，用火柴點了火。

「我不知道你會抽菸。」

「離我上一次抽菸，已經是二十年前的事了。」Ruse 從口中緩緩吐出白霧。

「在殺手界之中，我跟他都可以算是傳說了，我跟他各有一個稱號，他叫做『地獄閻王』；而我是『謀神』。我出道比他早十七年，但是他的能力極佳，很快地，以我的策略加上他卓越的能力，甚至動搖了全世界。」

「全世界？」KH驚訝地說。

「沒錯，全世界。他擁有超越常人的動態視力、絕對聽力，以及有如蟑螂般快速的反射神經，就算身處槍林彈雨中，敵人也很難傷他分毫。」

「這個我領教過了，他簡直就是怪物。」

「怪物……或許可以這樣稱呼他吧！不過放眼全世界，的確沒有人比得上他。」

Ruse把臉靠近KH，說：「就算是你也一樣。」

「天生的殺人天才嗎……」KH又點了一根菸，這次他還是一樣，咳得亂七八糟的。

突然間，KH腦中閃過一個畫面，那是三年前他還是殺手時，他回到家裡，看到家人慘死的那一幕。

「那他是不是……」KH的眼神中閃過一絲殺氣。

「你何不自己去問問他呢？」Ruse把伏特加的酒瓶拿了出來，倒了一杯酒，遞給KH。

KH一口飲盡杯中酒，抓起掛在椅子上的大衣，轉身就走。

「如果我報不了仇，麻煩幫我收屍。」關上酒吧的門，門上的鈴鐺響徹整個SICKLE。

3

接下來事情發生得很快，正當KH要用最快的速度解決剩下來的殺手時，他發現每一個殺手都不見了，Ruse給的資料變成一張張的廢紙。

「搞什麼啊？」KH躺在客廳的地板上，殺手的資料排了一地，因為之前這種情況從來沒發生過，KH顯得很煩躁。

「十個殺手，十個都消失無蹤了，這其中一定有古怪。」KH閉上眼睛，聽著風吹進來的聲音。

突然間，咻的一聲，有東西射進客廳，KH睜眼一看，一支綁著紙條的十字弓的箭插在牆壁上。

KH到電視旁邊抓了他的望遠鏡，朝箭射來的方向看去，他看到對面的公寓頂樓站著一個男人。

「閻王……」

閻王笑了一下，轉身離去，KH原本想追上去，卻在視線移到箭上的紙條時停了下來。

打開紙條，裡面寫著十個人的名字。是失蹤的那十名殺手。

我不想讓我們的決戰有那些愚蠢的警察來攪局，三天後的午夜到基隆港貨櫃碼頭，不見不散。這是留在那十個名字下的一段話。

「基隆……」KH拿出打火機把紙條燒掉，順便點了根菸。

兩天後的晚上十一點三十分，一輛保時捷911緩緩開進基隆港，KH下了車，然後揹起後座的黑色大背包。

「我開始後悔帶這麼多傢伙了。」

深夜的基隆港連半個鬼影都沒有，但是越安靜就越危險，尤其是閻王紙條中那十名殺手的名字，深怕十名殺手加上身手極佳的閻王聯手，KH恐怕連一分鐘都撐不過。

點了根菸，KH揹著背包在貨櫃之間漫無目的走，直到他看見閻王站在他面前。

「你很準時。」閻王說。

「可以說是不要命吧！我知道我來這的話，活命的機率很小。」KH把菸丟到地上，用腳踩熄。

「不過我希望在死之前，可以問你一個問題。」

「那得要贏我才行。」閻王揚起嘴角，從背後拿出一把霰彈槍。

KH嚇了一大跳，正想抽出手槍的時候，閻王舉手止住KH的動作。

「我沒有要在這裡開戰的意思，我們先來玩個遊戲吧！」

「遊戲？」

「沒錯，就是遊戲。」

閻王和KH走到海港邊，然後指著貨櫃碼頭裡面。

「我把十個殺手都帶到裡面了，我跟他們說只要殺了我們兩個，就能獲得一筆鉅額的金錢。」

「這就是你說的遊戲？有什麼規則？」

「遊戲開始之後，我們分別從兩邊進入，我們兩個不能對拚，也不可以互相幫助，限時一個鐘頭，看誰能殺較多人就算獲勝。」

「就這樣？」

「當然，這只是我們決戰的第一回合，也是我對你的第二個考驗，如果你被裡面的殺手殺掉的話，那你就沒有能力挑戰我。」

「有意思。」KH又點起了一根菸。

「那開始吧！」

兩人從兩邊進入，KH手裡拿的是他慣用的沙漠之鷹，閻王則是拿著剛才那把霰彈槍。

黑夜裡的貨櫃碼頭異常的詭異，KH無聲無息地走著，握著沙漠之鷹的手沒有放鬆過，他像是一隻在黑夜中搜尋獵物的貓頭鷹。

走過幾個貨櫃之後，遠方傳來一陣陣槍聲。

「這麼快就遇上了嗎？」KH看著傳來聲響的那方向說。

「喀嚓」，閻王拉了一下槍機，掉下了兩顆空彈殼，笑了一下，似乎很滿意自己的表現。

「我超前囉！Killer Hunter……」閻王裝上兩顆新的子彈，繼續在幽暗的貨櫃間前進。

就這樣過了一個小時，這段時間貨櫃碼頭裡不斷傳出震耳欲聾的槍聲，照理說警察應該會立刻趕到的，但是所有的行動都被龍顯阻止了下來。

「我會照約定殺掉他的，地點在基隆港貨櫃碼頭，但是我有一個要求。」在開戰的兩個小時前，閻王打電話給龍顯。

「什麼要求？」

「不管我做了什麼，你們警察都不可以插手，如果讓我看到任何一個警察出現在我視線範圍內，我會毫不猶豫地開槍。」

「好，我答應你。」

掛上電話之後，龍顯回到辦公室裡，他的桌上擺著一張黑色卡片，還有一張閻王的照片。

龍顯笑了笑，拿起桌上的美工刀，瘋狂地把卡片和照片割得破碎。

「敢威脅我，我會讓你死得難看。」

凌晨一點鐘，KH 和閻王走到貨櫃碼頭的正中央，身上稍微有一點傷痕的 KH 和毫髮無傷、甚至身上的白西裝連一點污點都沒有的閻王形成強烈的對比。

「看來，第一回合我們是平手了。」閻王說。

雖然閻王表面上說是平手，KH 知道這只是單比較所殺的殺手數量而言，光看自己因為和其他殺手火拚而造成的幾處傷口，還有毫髮無傷的閻王，就可以看出兩人的實力差距。

「第二回合呢？」KH說，接著又點了一根菸。

閻王沒有說話，只是用迅雷不及掩耳的速度掏出懷中的手槍，對KH開了一槍。

因為距離有點遠，KH輕易地閃了開來，這時候閻王依舊用那不可思議的速度跑了過來，一瞬間和KH的距離就只剩下十步之遙。

「第二回合的會場在這，沒有任何規則，要戰到直到其中一方無法再繼續戰鬥下去為止。」閻王把剛剛KH丟在碼頭入口的黑色大背包丟給他。

「看來你還滿公平的嘛。」KH接起背包，開始補充火力。

「不這樣，我找你挑戰還有意義嗎？」閻王裝起彈藥。「我希望在最公平的條件下獲勝。」

「為什麼獲勝條件不是另一方死亡呢？」KH問。

「你不是有話要問我嗎？」閻王笑了一下。

KH裝好彈藥，上了膛，看著也同時裝好彈藥的閻王。

「或許你是個好人也說不一定呢！」KH說。

「這句話是我要對你說的。」閻王扣下扳機。

貨櫃碼頭中央廣場有很多掩護，有很多車子、空的汽油桶，都是很難一槍被子彈打透的東西，兩人在這裡舉行了一場游擊戰。

離基隆港不遠的地方，有好幾部警車匆匆駛過，帶頭的一部轎車裡坐著龍顯，他神色鎮定，還不時露出可怕的笑容。

「各單位注意，到了目的地之後嚴守出口，一隻蒼蠅也不准飛出來。」龍顯把無線電調了一個頻道。

「雷霆小組注意，立刻派出菁英狙擊手到基隆港貨櫃碼頭，聽候進一步的指令。」

龍顯關掉無線電，點了一根香菸。

「我要讓你們直的進去，橫的出來。」

另一方面，KH 和閻王在廣場打得難分難解，閻王以極佳的眼力和聽力找出 KH 躲藏的地方，但 KH 很靈活地利用場地掩護躲開攻擊。

「你很厲害嘛！KH！」閻王大聲地喊。

「你也不錯嘛！」

閻王笑了一下，朝著聲音傳出的方向衝去，一瞬間就來到KH的眼前。

KH一看到閻王，快速地扣了幾下扳機，閻王依舊從容地閃開所有子彈，一步一步地朝著KH走了過來。

「可惡……」四周都沒有遮蔽物的KH快速地用眼睛看了看四周，然後向著閻王身邊的卡車開了一槍。

「想要引爆卡車是嗎？」閻王早知道KH的意圖，把手中的霰彈槍丟向KH射去的方向，子彈被槍身擋了下來，只是，閻王萬萬沒想到KH也料到自己會把槍丟出去的這個舉動。

大量的隨身鋼製小刀像雨一樣射了出來，閻王為了躲開小刀的攻擊向後退了好幾步，直到他發現自己撞到一個汽油桶。

「這是？」閻王看清楚四周才發現，他已經退到由KH用汽油桶所圍起來的一個U形區域，他才知道剛剛KH在這廣場跑來跑去是為了堆這些汽油桶。

「果然是個有智慧的獵人。」閻王說。

這時候KH已經撿起剛才閻王丟出去的霰彈槍，並把槍口對著其中一個汽油桶。

「Game over！」KH扣下扳機，子彈打中汽油桶之後，頓時一場大爆炸，熊熊的烈火把廣場都給照亮了。

外頭的警察剛趕到，就看到那一場大爆炸，龍顥下車，看著裡面那道蔓延天際的火光。

「打得滿激烈的嘛！」他說。

「該不會死了吧……」KH 丟掉霰彈槍，點起了一根菸。

「很強，真的很強，我認輸了。」閻王從火焰裡走出來，身上好幾處灼傷，還有被炸到的傷口。

看著閻王在剛剛那樣的大爆炸之後還能留著一條命走出來，KH 除了為自己還可以把想問的事情問個明白而高興，也對眼前這個怪物般的男人感到恐怖。

「我現在可以問了吧？」

「你問，我知道的就回答你。」

兩人找了一個地方坐了下來，KH 點了一根菸，閻王也點了一根。

「你知道有一名殺手，叫做『疾鷹』的嗎？」

閻王冷冽的雙眼突然出現一絲波動，抬頭看著 KH。

「看到你的反應，我想你一定知道。」

「沒錯。」

「那我就直接問了，疾鷹全家被滅口，跟你有沒有關係？」

「我……」閻王正想說話的時候，他的餘光瞄到異樣的光芒，下一秒，幾聲密集的槍響從他們上方傳出，KH還來不及反應，閻王先把他推開，讓自己承受數發子彈穿過身體的痛楚。

被推開的KH向上一看，一群全副武裝的狙擊手站在貨櫃上方瞄準他們。

「我們要你殺了KH，你竟然跟他聊起天來了啊？」龍顯帶著許多警察出現在廣場上。

在龍顯一聲令下，所有警察一字排開，手中的手槍都對著他們。

「你還是違反約定了啊……」滿口鮮血的閻王看著龍顯說。

「其實……我一開始就打算把你們兩個全殺了，反正你們都是死刑犯，只要跟上頭報告說是你們兩個笨蛋對戰同歸於盡，他們也不會追究什麼。」

「你這個渾蛋！」KH抄起他丟在地上的大背包，抓了幾顆手榴彈，朝著龍顯和其他警察的方向丟了過去。

「砰！」一陣轟天巨響，手榴彈炸裂的威力讓龍顯等人退後了幾步，也暫時遮蔽了視線，KH趁機把閻王帶走。

「快追！」龍顯大喊。

跑了一段路，KH把閻王帶到岸邊，KH要帶閻王一起跳水逃走。

「等一下。」閻王說。

「怎麼了？」

「我要把話說完，你、你是不是疾鷹的兒子？」

「你怎麼知道？」

「其實，我跟你家被滅口也不無關係，但是，最可怕的是這一連串行動的主使人，而且他還沒放過你，他一直還在追蹤你。」閻王嘔出了一大口鮮血。

「主使人是誰？」

「是……」突然一聲槍響傳了過來，子彈打中閻王的腦門，閻王應聲倒地。

KH抬頭一看，龍顯帶著狙擊手走了過來。

「下地獄吧！」龍顯說。

KH低下頭，抓住閻王的衣角，帶著閻王的屍體跳進水裡。

龍顯抽出手槍，跑到岸邊對著水中狂扣扳機。

「可惡！」龍顯把剩下的子彈射盡，站在岸邊對天大吼。

隔天的報紙和新聞提到兩件大事，第一是基隆港貨櫃碼頭的大爆炸，第二是基隆港附近的加油站大爆炸。

一般大眾都在猜測是不是跟幫派火拚有關，因為不管是貨櫃碼頭還是加油站的爆炸，都有幾具不知名的屍體躺在現場，尤其是加油站的屍體還被燒過。

「我們在值大夜班的時候，突然有一個穿黑色大衣的人拿槍還揹著一具屍體走進來，還威脅我們，把我們趕走，然後我們就看到他引爆加油站。」這是記者訪問加油站員工時，員工的說詞。

KH笑了一下，然後關掉電視。

「而且他還沒放過你，他一直還在追蹤你……」

閻王臨終前說的話一直在KH腦內迴盪著，點了一根香菸，在一吸一吐之間，整個客廳都瀰漫在白濁煙霧裡。

《Killer Hunter 外傳——閻王》　完

# 後記

關於一些問題的回答：

當初在寫這本書的故事時，我是以寫一篇，就在網路貼一篇的模式給所有人看，其中有一些網路的讀者，會問我一些問題。

可能看完這本書的你們也會有一些疑問吧。於是我在這裡整理出了幾個問題來回答大家。

**1.殺手獵人這部小說，最初的創作靈感是從哪裡來的呢？**

我深深地覺得，這個問題問得非常好，請聽我細說從頭。

從小，我就是一個電視兒童，除了綜藝節目和新聞、卡通之外，我也很常在電視上看一些電影，警匪動作片也是我很喜歡的一部分。

記得很久之前看過幾部滿有名的殺手電影，像是《全職殺手》、《赤裸武器》……還有一些外國的殺手電影，殺手獨有的神秘感，令我非常嚮往。

這時，心裡湧起了一股強烈的澎湃感，也想要有一部是用自己所寫的故事所拍出來的殺手電影。

但是光以殺手為主角的電影實在是太多了，於是我想創造出一個比殺手還具有神秘感、令人聞風喪膽的角色，就這樣，殺手獵人KH誕生了。

當然現在只是這個故事剛開始付梓，離可能會拍成電影還很遙遠，不過我還是繼續努力中。

**2.這本小說是殺手獵人的第一部，是一本一部嗎？總共會有幾部？**

基本上是一本一部沒有錯，而我預計是總共六部的故事（天曉得會不會跟我想的一樣……），然而隨著小說裡的角色逐漸增加，未來也有可能會有其他角色專屬的外傳單本或多本小說。

當然這個可能性實現與否，還得請各位讀者們多多支持鼓勵囉！

**3.故事中塑造的幾個角色都強得離譜，而且為什麼這麼厲害的殺手都是台灣人？會不會有點不公平？**

呃……這個問題嘛，我得思考一下。

我在想，畢竟我生在台灣、長在台灣，當然是想讓台灣人多出點風頭，我想這也是挺合情合理的嘛。

另一方面，其實看過很多小說，有些主要角色的名字都不是我們平常會見到的名字，有四個字的、五個字的，卻說著國語，當然名字的確不是最重要的重點所在，但我還是希望，故事舞台出現在台灣這個地方，名字還是以台灣人的名字為主，這樣應該會比較好吧？

至於公不公平這點……我可以說，預計五部的殺手獵人小說，絕對不會只有台灣殺手的，之後也會有其他國家的殺手出現，而且也很厲害，那就不會不公平囉！

以上，就是目前最有系統性的幾個問題，如果還有其他的問題，歡迎大家到我的部落格踴躍發問，我會盡我所能回答大家的問題。

最後，我還是要感謝許多支持著我、幫助過我的人。

沒有你們，就沒有這本書的誕生；沒有你們，我就沒有機會往夢想更多踏近一步，對你們的感謝，我會一直放在心裡面。

這本書不是達成夢想，而是通往未來更崎嶇、更艱辛的路中的一個里程碑，我會深深記著心中懷抱的那份感謝之意，以及我身體裡燃燒滾燙的熱血，朝未來勇敢地邁進！

星爵

# KILLER HUNTER
# 殺手獵人
## CASE ONE 狙殺惡魔的獵人

星爵作品 01
殺手獵人 01 狙殺惡魔的獵人

國家圖書館出版品預行編目(CIP)資料
殺手獵人 / 星爵著. -- 初版. --
臺北市：春天出版國際, 2016.07-
冊；　公分. -- (星爵作品；1-)
ISBN 978-986-5607-55-5 (第1冊：平裝)
857.7　　　105012917

作者　星爵
總編輯　莊宜勳
主編　鍾靈
出版者　春天出版國際文化有限公司
地址　台北市信義路四段458號3樓
電話　02-7718-0898
傳真　02-7718-2388
E－mail　frank.spring@msa.hinet.net
網址　http://www.bookspring.com.tw
部落格　http://blog.pixnet.net/bookspring
郵政帳號　19705538
戶名　春天出版國際文化有限公司
法律顧問　蕭顯忠律師事務所
出版日期　二〇一六年七月初版
定價　180元

總經銷　楨德圖書事業有限公司
地址　新北市新店區寶興路45巷6弄6號5樓
電話　02-8919-3186
傳真　02-8914-5524
香港總代理　一代匯集
地址　九龍旺角塘尾道64號 龍駒企業大廈10 B&D室
電話　852-2783-8102
傳真　852-2396-0050


ISBN 978-986-5607-55-5
Printed in Taiwan

KILLER HUNTER

KILLER HUNTER